날짜변경선

날짜변경선

전삼혜 소설

문학동네

차례

01
이건 슬픈 자기소개서

장원 수상자만 발표되면 이번 백일장 시상도 끝이었다. 벌써부터 가방을 챙겨 돌아가는 사람들도 보였다. 내 이름이 불리지 않을 것을 알면서도 일말의 기대를 버리지 않은 채 시상대를 올려다보고 있었다.

"장원, 청산고등학교 3학년 김윤희."

여자애 하나가 시상대 위로 올라가는 모습이 빠져나가는 사람들 사이로 언뜻언뜻 보였다. 웅성거림이 오래도록 근처에 남아 있었다. 가설무대 위에 수상자들이 한 줄로 나란히 서 있었다. 나는 기둥에 기댄 채 어정쩡한 자세로 그 장면을 바라보았다. 거리가 멀어 수상자들의 얼굴은 잘 보이지 않았다. 이따금

카메라 플래시가 터졌다.

지금 가면 붐빌 거라고 생각하면서도 혜화역으로 발을 옮겼다. 집 말고는 달리 갈 만한 곳이 떠오르지 않았다. 일요일 한낮의 대학로를 지나는 4호선에는 방금 전까지 나와 비슷한 소망을 가지고 있었을 사람들로 꽉꽉 차 있었다. 그러고 보니 아까 고사장에서 봤던 얼굴들이 섞여 있는 것 같기도 했다. 아무려면 어때. 저들도 나처럼 떨어진 신세일 텐데.

조금 늦었다면 수상자들과 같은 지하철에 올랐을지도 모른다. 상장을 안고 꽃다발을 든 사람들과 몇 번쯤은 지하철에서 마주친 적도 있다. 그 상장이나 꽃다발, 책 같은 것들이 특별한 아우라라도 내뿜는 것 같아서 어서 빨리 문이 열리기만 기다렸던 게 떠올랐다.

집까지는 충무로에서 내려 3호선으로 갈아타고 삼십 분쯤 더 가야 했다. 익숙한 듯했던 얼굴들은 하나둘 사라지고, 이제 나는 다시 아는 사람 하나 없는 지하철을 타고 있었다. 가방에 넣어 둔 엠피스리를 켜고 헤드폰을 썼다.

개찰구를 빠져나오자, 지상으로 통하는 높은 계단이 보였다. 계단 저 위에서 봄날 햇볕이 들고 있었다. 계단을 내려오거나 올라가는 사람은 보이지 않았다. 좋았어. 입을 크게 벌려 숨을 들이쉬었다. 내 안에 바깥 공기가 가득 찬 순간, 계단을 달려 올라갔다.

쇠 난간과 시멘트 계단이 시선 밖으로 빠르게 스쳤다. 헤드폰 속에선 철 지난 지 한참 된 '다이나믹 듀오'의 노래가 흘러 나왔다. 이건 슬픈 자기소개서. 아, 내 인생은 왜 또 이따위람. 이럴 때 듣는 노래가 '고백'이라니. 너무 잘 어울리잖아. 그러니까 이 봄날, 날씨도 좋고 햇볕은 따스하고, 나는 오늘, 또다시, 백일장에서 떨어졌다.

땀이 흥건하게 밴 손으로 열쇠를 찾아 문을 열었다. 텅 빈 신발장에 운동화를 넣고 컴퓨터 앞에 앉았다. 어차피 나보다 일찍 귀가한 누군가가 이미 결과를 다 말해 놓았을 거라고 생각하면서도 인터넷 창을 띄웠다. 뻔히 아는 결과를 확인하는 게 어느새 버릇이 되어 버렸다.

카페 목록에서 '날짜변경선'을 찾아 클릭했다. 카페 메인 화면에는 올해의 백일장 일정이 한가득 떠 있었다. 당장 한 달 뒤로 표시된 K대학교 백일장이 눈에 들어왔다. 무시하자. 나는 최신 글 목록에서 마우스 휠을 움직였다. '마로니에 백일장 다녀왔어요'라는 제목을 클릭했다.

누가 써도 비슷할 후기였다. 오늘 백일장은 어디서 열렸고, 글제는 뭐였고, 날씨는 어땠어요, 상은 누가 탔네요……. 검지로 마우스 휠을 돌리다가 문득 손을 멈췄다.

장원은 청산고 김윤희가 차지했어요. 이제 그만할 때도 되지 않았나. 에잇, 더러운 세상! 그리고 차상은……

밑에는 시샘과 위로가 적당히 섞인 댓글들이 달려 있었다. '그래도 예선은 통과해서 좋으시겠어요.' '맞아요, 상도 좀 나눠서 가져가면 좋겠어요.' '전 위너들이 제일 싫음.'

글쎄, 예선 통과하면 좋은 건가? 예선만 통과하고 백날 본선에서 미역국 먹는 내 입장에서 보면 썩 좋은 것 같지는 않았다. 댓글이나 하나 달아 볼까, 망설이던 차에 메신저에서 누군가 말을 걸었다. 무기질소년, 우진 형이었다.

〔님 또 떨어졌음? ㅋㅋㅋㅋㅋㅋㅋㅋㅋㅋㅋㅋ〕

그래. 형은 아예 예선부터 참가도 안 했으니 떨어질 리도 없겠지. 나는 가운뎃손가락이 한가득 들어간 이모티콘을 보내고 기다렸다. 대화창에 우진 형의 대답이 올라왔다.

〔김윤희가 나간 마당에 너한테 돌아갈 장원은 없다니까.〕

이것 봐라.

〔내가 언제 장원 노리고 갔나.〕

항의를 해 보지만 우진 형은 쉽사리 물러나지 않았다.

〔미련 못 버리고 시상식 끝나도록 서 있는 게 상 노리는 거 아니면 뭐임.〕

본 것처럼 말하기는. 관두자. 늘어지게 기지개를 켰다. 우진 형 말이 맞았다. 상 욕심이 없는 건 아니었다. 솔직히 백일장에 참가하는 사람 중에 상에 마음 두지 않는 사람이 얼마나 될까. 말로는 순수하게 글만 쓰고 싶다고 해도 속은 아무도 모르는 거다. 참가 신청서를 내고, 먼 곳까지 지하철이며 버스로 왔다 갔다 하는 데에는 다 이유가 있는 거다. F5를 눌러 인터넷 페이지를 새로고침 했다. 우진 형의 댓글이 달려 있었다.

수고하셨어요. 역시 장원은…… 어쩔 수 없네요.

다시 장원을 확인했다. 청산고등학교 3학년 김윤희. 시상대에서 부르는 소리만 듣고도 이렇게 정확하게 이름을 기억해서 글을 올릴 수 있는 건, 이 사람이 워낙 상을 많이 타서였다. 어디를 가면 장원, 어디에선 차상, 또 어디는 차하. 본선 참가자 명단에 김윤희가 있으면 상 하나는 빼고 생각해야 한다는 농담 아닌 농담들. 그러니까, 아까 마지막에 시상대 위로 올라가던 그 여자애가 김윤희일 터였다. 얼굴은 기억나지 않았다. 무대는 멀었고, 괜히 그 사람들을 쳐다보고 싶지도 않았다. 모니터를 껐다.

"현수 와 있어?"

엄마다. 나는 방문을 열고 고개를 내밀었다. 시장에 다녀오는 길인지 엄마의 양손에 비닐봉지가 들려 있었다. 거실로 나가 받아 들자 묵직한 무게감이 느껴졌다. 내 등 뒤로 엄마가 말을 걸었다.

"점심은 잘 먹었어?"

"맥도날드 갔어."

냉장고에 넣을 것과 밖에 둘 것을 구분해서 정리하는데, 엄마가 옆으로 다가와 말했다.

"잘 좀 먹지 그랬어."

잘 먹는다고 해 봐야 대학로 한복판에서 열여덟 살 남자애가 혼자 먹을 수 있는 게 그리 많기나 할까. 어디에 식당이 있는지도 몰랐고, 주머니 사정은 빈곤했고, 혼자 먹는 밥은 뭘 먹어도 비슷한 맛으로 느껴졌다. 그저 씹고 삼키는 일의 반복.

"가계부 쓰고 나서 저녁 먹자. 빨래 건조대에 교복 있으니까 가져가."

엄마는 봉지 바닥에 있던 영수증을 꺼내 안방으로 들어갔다.

엄마의 유일한 취미는 가계부 쓰기다. 다른 엄마들처럼 문화센터 강좌를 다니지도 않고, 에어로빅 교실에 등록하지도 않고, 계를 들지도 않는 엄마가 몰두하는 일. 귀찮을 만도 한데 내가 기억하는 한 엄마는 가계부 쓰는 일을 귀찮다고 한 적이 없었다.

교복을 걷어 내 방으로 돌아왔다. 다시 모니터를 켰다. 무언가 쓰고 싶은데, 쓸 말이 없었다. 카페에서는 다들 내 입장과 비슷한 이야기를 하고 있었다. 상을 탄 사람보다 못 탄 사람이 훨씬 많으니 당연한 일이었다. 사실은 내가 오늘 무슨 글을 썼는지도 기억이 나지 않았다. 글제가 '봄'이었던가.

우진 형에게 메신저로 말을 걸었다.

〔그런데 형, 예고는 어때? 살 만해?〕

대답 대신 안내 메시지가 대화창에 떠올랐다.

〔상대방이 로그아웃 하여 메시지를 전달할 수 없습니다.〕

결국 나는 '후기' 쓰는 것을 그만두고 다른 글을 올렸다.

백일장 같이 다닐 친구를 찾습니다. 고2 남자인데요, 남자도 좋고 여자도 좋아요. 서울 강남 쪽 살고요. 다음엔 K대 백일장 갈 것 같아요. 혼자 밥 먹는 게 지겨워요. 밥을 사 드릴 수는 없지만 마주 앉아서 같이 먹어 줄 사람 찾습니다. 댓글 달아 주세요.

항상 혼자 밥을 먹는 건 아니었다. 우진 형과 같이 먹을 때도 있었다. 형이 학교 친구들과 밥을 먹으러 가면 그때는 혼자 먹을 수밖에 없었다. 우진 형이 다니는 예술고등학교 문예창작과에서는, 예선을 거쳐 본선을 치르는 백일장이라면 본선에 네다섯 명, 예선이 없는 백일장이라면 한 반인 삼사십 명이 같이 오니 나 혼자 먹는 날이 더 많았다. 그런 걸 보면 왜 우진 형이 1학년을 마치고 예고로 편입했는지 알 것 같기도 하다.

적어도 혼자 밥을 먹는 일은 없을 테니까.

K대학교 백일장에 갈 거냐고 물었을 때, 우진 형은 신청서를 내지 않았다고 했다. 다른 백일장을 가려면 K대학교를 빠져야 한다고. 지금 올린 글에 아무도 댓글을 달아 주지 않는다면 나는 또 혼자 밥을 먹어야 한다. 학교 식당이 열려 있으면 학교 식당에서, 아니면 편의점에서, 아니면 오늘처럼 패스트푸드로. 다들 이렇게 쓸쓸하게 백일장을 다니는 걸까.

컴퓨터 전원을 끄고 침대 위에 드러누웠다. 옷걸이에 걸어 놓은 교복이 눈에 들어왔다. 내일은 저걸 입고 학교에 가겠지. 드러누운 채 눈을 비비다가 문득 웃음이 나왔다. 적어도 학교에 가면 혼자 밥을 먹지는 않는구나. 젓가락을 떨어뜨려도, 식탁에 반찬을 흘려도 혼자 먹을 때처럼 민망하지는 않겠지.

"현수, 밥 먹어."

그래, 밥이나 먹자.

식탁은 조용했다. 3인용 식탁 앞에 엄마와 단둘이 앉았다. 말수가 적은 내 성격을 엄마에게서 물려받았다는 걸 이럴 때 실감하게 된다. 아버지 자리는 오늘도 비어 있었다. 계란말이를 젓가락으로 집고, 무말랭이를 씹고, 생선살을 바르며 묵묵히 밥을 먹었다. 내가 엄마의 키를 훌쩍 넘은 지도 햇수로 삼 년은 더 된 것 같다. 마주 앉은 엄마의 정수리를 내려다보며 아버지의 키가 얼마인지 속으로 가늠해 보았지만 생각나지 않는다.

엄마가 나를 올려다보았다.

"왜?"

"아냐, 아무것도."

나는 다시 수저를 들었다. 오늘 백일장은 어땠니? 상은 누가 탔니? 이런 걸 엄마는 내게 한 번도 물어본 적이 없었다. 백일장에 나간다고 하면 고개를 끄덕이며 점심값을 꺼내 주는 게 전부였다. 다행이었다. 엄마가 뭔가를 물어본다면, 매번 빈손으로 돌아오는 나는 쉽게 대답하지 못할 터였다. 그런 식으로 어느덧 반년, 내가 온라인에서 말이 많아지는 건 오프라인에서 말이 없기 때문일지도 모르겠다는 생각이 든다.

뒷문으로 들어가 책상과 의자 사이를 헤치고 1분단 창가 자리에 가방을 내려놓았다. 창으로 밀려드는 꽃가루 섞인 바람이 알싸했다. 책과 노트를 꺼내 책상 서랍 안에 집어넣었다. 또 월요일이었다.

한 주 단위로 자리가 바뀌는 '자율 좌석제'라지만 완벽한 자율은 아니었다. 가로 여섯 줄, 세로 일곱 줄로 놓인 책상 중 맨 뒤의 두 줄은 '제2구역'이었다. 제2구역에 앉는 아이들은 나름의 이유가 있다.

"차별을 하려는 건 아니다. 하지만 차이는 둬야겠지. 공부에

힘을 쏟을 생각이 없는 사람은 여기 나와서 이름을 적어라. 여기저기서 산만한 것보단 뒷자리만 산만한 게 낫지 않겠어?"

'양심껏' 뒤로 가라는 말이었지만 양심의 기준은 담임에게 있었다. 뒷자리에 앉고 싶다고 말하기 위해 교무실로 갔을 때, 담임의 출석부에는 이미 몇 명의 이름에 동그라미가 쳐 있었다. 그 '특별 출석부'에 올라가는 대상은 다음과 같다. 미술이나 체육 및 음악으로 대학을 갈 생각이라 상습 조퇴와 결석이 예상되는 자, 그리고 본인이 희망한 자. 논밭 잡풀 뽑듯이 뽑아서, '공부에 방해되는 너그들은 저 뒤에 계세요.'라며 제2구역으로 보내는 것이다. 나는 어디냐면, '본인이 희망한 자'에 해당한다. 앞의 이유를 대기에는 명분이 부족했다. 예체능 학원을 다니거나 과외를 받는 게 아니어서, '문예 특기자'라는 근거도 없었다. 결국 나는 '앞에 앉으면 뒷자리 애가 앞을 볼 수 없어서' 제2구역으로 분류되었다. 어쩔 수 없다. 내 키는 지금도 계속 자라고 있으니까. 등교할 때 마을버스 천장에 정수리가 닿을락 말락 했다.

"어, 또 정현수다."

잠이 덜 깬 목소리와 물감 얼룩진 보조 가방이 내 옆자리에 얹혔다. 나는 별말 없이 손만 들어 보였다. 이번 주도 내 옆자리는 정의정이구나. 제2구역은 나름대로 자기 자리를 존중해 주는 편이라 웬만하면 자리가 바뀌지 않았다. 그래서 내 옆자

16

리는 지난주에도, 지지난 주에도 정의정이었다. 정의정은 자리에 앉자마자 책상 위에 엎드렸다. 앞자리에서 아이온이니 와우니 던파니 하는 소리가 들렸다.

"뒷자리 다 왔냐?"

담임이 뒷자리까지 다 들리게 소리를 질렀다. 나는 정의정이 앉은 의자 다리를 툭 쳤다. 양심이 있으면 좀 일어나라. 3월 모의고사 성적표가 나왔는지 담임은 한 팔 가득 종이 뭉치를 안고 있었다. 28번, 29번, 30번. 정의정이 졸린 눈을 비비며 내 앞에 섰다. 나도 줄지어 선 대열에 껴서 성적표를 받았다. 그저 그런 성적이다. 3등급 아니면 4등급.

"부모님 도장 받아 와라. 고2는 곧 고3이라는 건 말 안 해도 다들 알지?"

고1때도 지겹게 들은 소리다. 이제 그런 협박에는 다들 꿈쩍도 하지 않는다. 다크서클이 하도 심해서 너구리, 가끔 어깨에 비듬 떨어져 있을 때는 히말라야 너구리가 별명인 담임은 슬리퍼를 끌며 교실 밖으로 나갔다.

화장실에 가려고 나갔다가 담임과 마주쳤다. 담임이 씩 웃으며 내 어깨를 툭 쳤다.

"그래, 글 쓰는 건 잘되냐?"

첫 면담 때 문예창작학과를 가겠다고 한 이후, 담임은 마주칠 때마다 이 질문을 던지는 것 같다.

"안 그래도 백일장 때문에 공결 좀 신청하려고요."

'공결'이라는 단어에 담임의 눈썹이 꿈틀거렸다. '너구리 변신!'을 기대했지만 그건 아니었고, 그저 귀찮아하는 표정이었다. 나라도 학년 초부터 공결 처리를 해 줘야 한다면 귀찮을 것 같다. 때마침 수업 종이 울려서 담임이 먼저 내 옆을 지나갔다. 뒤뚱뒤뚱.

"점심시간에 교무실로 갈게요!"

네 과목이 끝나고 점심시간이었다. 벗어 놓은 교복 재킷에서 급식 카드를 꺼내느라 일어서는데 정의정이 덩달아 일어섰다. 가방에 보조 가방, 신발주머니까지. 완전군장이었다.

"넌 집에 가냐?"

"아니, 학원."

수업 시간 내내 편히 자지도 못하고 꾸벅꾸벅 졸던 정의정의 목소리는 갈라진 채였다.

"주말엔 뭐 했는데 월요일 오전부터 자냐?"

"학원."

정신을 차리려는 듯 눈을 힘주어 깜박이던 정의정이 서랍 속에서 문제집을 꺼내 보조 가방에 넣었다. 나름 바쁜 몸에 나름 공부하는 몸이신가. 허리 굽힌 옆모습을 보는데 자다가 뭐가 묻은 건지, 원래 그런 건지 관자놀이께가 시퍼렇게 물들어 있었다. 내가 계속 쳐다보자 정의정은 묻지도 않은 말을 늘어놓았다.

"어, 그러니까 이번 주에 대회가 있어서, 가야 되거든."

누가 뭐래. 나는 내 관자놀이를 손가락으로 툭툭 건드렸다. 씻고 가라는 뜻이었는데, 정의정은 알아듣지 못하고 자기 관자놀이를 마주 두드렸다. 나는 한숨을 내쉬었다.

"뭐 묻었어. 씻고 가라고."

"아, 어? 어."

저 정신으로 세수나 제대로 할지 걱정이었다. 정의정은 종종걸음으로 교실을 빠져나갔다.

점심을 먹고 1층으로 내려갔다. 교무실 문 앞에서 심호흡을 했다. 복장 단정, 두발 단정. 걸릴 게 하나도 없는데 교무실 문을 당당하게 열고 들어가기는 쉽지 않았다. 죄 짓고 자수하러 온 것도 아닌데 이게 뭐람. 손에 힘을 줘 문을 열었다.

문을 열자마자 담임과 눈이 마주쳤다.

"웬일이냐?"

"아침에 말씀드렸잖아요. 백일장 때문에……."

나도 모르게 목소리가 기어들었다. 이놈의 교무실은 공부 말고 다른 걸 하려는 아이들에게는 죄책감을 주는 효과가 있나 보다. 담임이 내 기어드는 말끝을 낚아챘다.

"키는 멀대 같은 놈이 목소리가 왜 그 모양이냐. 공문은 가져왔어?"

공문 이야기를 하는 걸 보니 학교에는 아직 백일장 일정이 안 온 모양이었다. 교무실의 컴퓨터로 접속해 K대학교 홈페이지에서 추천서와 참가 신청서를 출력했다.

'공부 외의 다른 걸 하려면 모든 건 자기가 알아서 챙겨 먹어야 한다. 학교는 공부하는 곳이니까.' 학년 초에 담임이 이런 말을 할 때 나는 그게 농담이라고 생각했다. 하지만 이제는 진담이라는 걸 뼈저리게 안다. 신청서를 훑어보던 담임이 학교장 추천서를 내 눈앞에 들이밀었다.

"이건 또 뭐냐?"

학교장 추천서요. 이렇게 대답했다간 오늘 내로 대화를 끝내지 못할지도 모른다. 나는 애써 태연하고 정중한 목소리로 부연 설명을 했다. 몇 번 하다 보면 이런 일도 익숙해진다. 그건 단지 직인이 필요한 서류일 뿐이고요, 다른 누군가를 귀찮게 하는 것도 아니고요, 추천 내용도 제가 다 워드로 쳐 올 테니 선생님은 결재만 맡아 주시면 됩니다. 추천서가 시한폭탄이나 독거미도 아닌데 왜 이래야 하는지 모르겠다. 담임은 고개를 끄덕이더니 의자를 끌고 내게 가까이 다가왔다.

"공결, 이번 학기에만 세 번인 거 알지?"

"네."

여기선 내가 약자다.

"솔직히 이런 건 좀 무리다. 우리 학교가 입시 위주인 건 너도 알잖아."

압니다.

"예고를 가지 그랬냐? 이런 거 하는 예고도 있을 텐데."

글을 쓰고 싶다고 생각한 때는 작년 말이었고, 그때는 이미 1학년이 끝나 가고 있더라고요. 굳이 편입하기엔 예고는 등록금이 너무 비싸요. 집에서도 멀고요. 댈 이유는 많았다. 그렇지만 이런저런 말을 다 늘어놓기에는 들일 시간이 아까웠다. 어차피 돌아올 떡도 없는데. 솔직히 편입을 하는 사람이 없는 것도 아니고, 편입하기에 너무 늦은 것도 아니다. 우진 형이 1학년 말에 편입 시험을 쳐서 들어갔고, 3학년인 지금도 잘 다니고 있으니까. 그렇지만 나는 편입하지 않았고, 앞으로도 할 생각이 없다.

나는 반성한다는 표정을 지어 보이며 고개를 숙였다. 눈을 슬쩍 치켜떠 담임을 올려다보니, 담임은 그런 표정으로는 어림도 없다는 듯 어깨를 추켜올려 보였다. 아, 과연 너구리다.

"머리는 왜 반삭이야? 원숭이 같잖아."

담임이 내 머리를 툭툭 치듯이 쓰다듬으며 말했다. 원숭이, 참 오래 들어 온 내 별명이다. 입을 다물고 있으면 코와 입술이 'ㅅ' 자로 이어져 보인다고 원숭이란다. 그렇게 치면 너구리는 갯과 동물이니까 나와는 견원지간이 되는 셈이다. 오랜만에 내 별명에 감탄했다.

　집으로 돌아와, 날짜변경선에 내가 썼던 글을 확인했다. 댓
글은 달리지 않았다.

02
두 사람

댓글이 달린 건 닷새 뒤였다. 정말로 혼자 가야 하나 불안해
질 즈음이었다. 우진 형에게 '형, 나 아무래도 평생 혼자 살아
야 할 두목 원숭이의 운명인 듯.'이라는 둥 온갖 푸념을 다 늘
어놓았고, 그 결과 우진 형이 '한 번만 더 그러면 차단해 버린
다.'며 으르댄 다음 날이었다. 댓글이 달렸다는 메시지를 보고
클릭할 때까지도 혹시 우진 형이 단 건 아닐까 하는 불안함이
더 컸다. 다행히도 낯선 닉네임이었다. 이한솔.

수원 K대 말하는 거 맞죠? 저도 거기 가요. 동갑이고 여자입니
다. 집이 멀어서 수원터미널에서 만났으면 해요. 전번은 따로 쪽지

보낼게요.

쪽지함에는 휴대폰 번호가 적힌 쪽지가 와 있었다. 이한솔.
그 닉네임에 형광펜으로 밑줄을 치듯 드래그 했다. 카페 내에
서 익숙한 닉네임이라고 해 봤자 많지도 않았지만, 이한솔은
낯설었다. 내 닉네임 '정현수'처럼 이 사람도 혹시 본명일까.
나는 시험 삼아 문자를 보냈다.

　　카페에 글 올린 정현수입니다. 이름이 뭐예요?

어디 사는지, 어느 학교에 다니는지도 묻고 싶었지만 그건
좀 미루기로 했다. 문자가 너무 딱딱했던 건 아닐까 고민하고
있던 차에 답장이 왔다.

　　이한솔이요.^^ 그쪽도 본명이에요?

　　네.

닉네임과 본명이 같은 사람들의 만남이라……. 신기했다.

　　본명이시구나. 지금 배터리 없음. ㅜㅜ 나중에 문자 할게요.

첫 문자 대화는 싱겁게 끝났다. 말이 길어져 봤자 달리 무슨 이야기를 하겠냐마는, 어쩐지 저쪽에서 나를 경계하는 것 같아서 기분이 좀 이상했다.

게시판 검색어에 '이한솔'을 넣고 엔터를 쳤다. 이한솔이 지금까지 쓴 글이라곤 등급 올리기 절차로 쓴 가입 인사를 포함해서 다섯 개였다. 가입 인사를 두 달 전에 올린 걸 보면 가입한 지도 얼마 안 된 것 같았다. 그리고 나머지 네 개는 백일장 후기 아니면 잡담. 올린 글들은 하나같이 짧았고 개인 정보라곤 별로 드러나질 않았다. 온라인에도 말수가 많은 사람이 있고 적은 사람이 있다. 말수가 많은 사람의 글은 몇 개만 보면 어디 살고 어느 학교를 다니고 뭘 좋아하는지 대충 알 수 있다. 그런데 이렇게 말수가 적은 사람의 글은 다 읽어도 뭐 하는 사람인지 도대체 알 수가 없다.

이한솔의 닉네임을 클릭하자 '블로그 가기' 메뉴가 나타났다. 어차피 만날 거면 상대를 조금이라도 더 아는 게 좋다고 생각하며 블로그를 훑었다. 블로그는 의외로 아기자기하게 꾸며져 있었다. 사람들이 마구 들어오는 유명 블로그는 아니지만 카페 사람들은 몇몇 들어오는 듯, 낯익은 닉네임들이 가끔 댓글을 달아 놓았다. 하지만 블로그에 있는 글들 대부분이 책이나 음악에 관한 리뷰 정도라서 학교나 개인 이야기는 없다시피 했다. 십 분쯤 블로그를 훑어보다가 모니터에 비친 내 모습에 헛웃음이 나왔다. 지금 뭐 하는 짓이냐. 같이 가자는 사람이 남자였으면 하지도 않았을 짓을. 우진 형이 메신저에 로그인 했다는 메시지가 화면에 올라왔다.

〔형, 이한솔 알아?〕

〔몰라. 그게 누군데?〕

우진 형이 모르는 걸 보니, 이한솔은 백일장에서 상을 자주 타지는 않은 것 같았다.

〔댓글 달렸어. 여자고 동갑이래.〕

〔잘됐네. 예쁘길 빈다. ㅋㅋㅋ〕

물론 나도 이한솔이 예쁘면 더 좋겠다. 어차피 여자애들은 나보다 머리 하나는 더 작아서 얼굴이 잘 보이지도 않지만. 그래도 같이 밥 먹을 사이라면 못생긴 것보단 예쁜 게 낫잖아. 처음에는 누구라도 좋으니 '제발 밥만 같이 먹어 주세요.'라는 절박한 심정이었는데, 막상 누군가가 손을 드니 이것저것 따지게 된다. 사진이라도 보내 달라고 할까. 그러다가 같이 안 간다고 하면 그건 또 무슨 쪽팔린 짓이야. 카페에 소문이라도 나면 변태 회원으로 몰리는 건 순식간이겠지.

머리를 휘휘 내저었다. 처음으로 학교 밖에서 여자와 단둘이 만난다는 생각을 하면 두근거리는 게 정상이겠지만, 이건 좀 아닌 것 같기도 했다. 여태까지 누구를 사귀어 본 적도 없고, 사귄다는 소문이 난 적도 없었다. 우진 형은 '원래 인간 여자는 원숭이한텐 관심이 없고, 원숭이도 인간 여자한텐 관심이 없다.'고 하지만 그건 다 개소리다. 내 폴더에 모아 놓은 '소녀시대' 사진이 보증한다. 하지만 솔직히 여자애들하고 노는 것보단 혼자 노는 게 낫다. 학교에서 그나마 나하고 말 많이 하는 여자애는 정의정 정도. 어쨌거나…….

[형, 여자랑 밥 먹을 땐 보통 뭐 먹어?]

연애는 물론 짝사랑도 못 해 본 열여덟 살 남자애 입에서 나오는 질문이라곤 고작 이 정도였다. 혼자서 먹는 거면 맥도날드를 가든 삼각김밥을 먹든 상관없지만, 처음 만난 사람하고 편의점에 가서 삼각김밥을 먹을 순 없잖아. 우진 형은 '흘리지나 말고 먹어.'라는 답장을 보낸 뒤 로그아웃 해 버렸다. 알아서 하라는 건가 보다. 백일장이 열 시부터니까 아마 끝나고 먹어야겠지. K대학교 근처나 터미널 근처에 뭐라도 있겠지. 에이, 모르겠다. 그날 일은 그날 고민하자.

백일장을 이틀 앞두고 이한솔에게서 다시 쪽지가 왔다.

휴대폰 뺏겼어요. ㅜㅜ 수업 시간에 걸려서. 당일 아침 아홉 시 반에 터미널 앞에서 봐요. 흰색 카디건에 까만색 바지 입고 갈게요.

얘도 좀 덜렁거리는 모양이었다. 나는 알았다고 쪽지를 보냈다. 그냥 교복을 입고 갈까 했는데, 사복을 입고 가야 할 것 같다. 여자애는 사복 입는데 나만 헐렁한 교복 입으면 그 꼴도 우습겠지.

백일장 당일 아침에 이한솔을 찾는 건 쉬웠다. 날이 갑자기 더워진 탓에 긴 바지를 입더라도 다들 반소매거나 소매를 걷어 올린 차림이었는데, 터미널 앞에 서 있는 여자애만 흰색 카디건 소매를 끝까지 내리고 있었다. 가까이 다가가서 꾸벅 인사를 하자 이한솔이 나를 올려다봤다. 키는 정의정보다도 작은 듯 내 어깨 아래에 정수리가 있었지만, 아예 못생긴 것도 예쁜 것도 아닌 그냥 평범한 얼굴이었다. 좋게 보면 귀엽다고 해 줄 수도 있을 것 같았다.

길 건너 정류장에서 버스를 기다리는 사람 중 절반은 K대학교로 가는 것 같았다. 여자애와 다니는 게 처음이다 보니 긴장이 되었다. 주변 사람들이 나를, 혹은 우리를 힐끔힐끔 쳐다보는 것 같다는 생각마저 들었다. 옆에 서 있는 이한솔은 아무렇지도 않은지 앞만 보고 있었다. 이러면 괜히 나만 민망하잖아. 종점에서 내려 백일장 장소인 대강당까지 가는데도 계속 사람들이 우리 둘을 쳐다보는 것 같았다. 자의식 과잉이다, 진짜. 이한솔이 아무 말도 안 하고 있으니 분위기는 더 어색했다. 그렇다고 혼자 빨리 걸어갈 수도 없는 노릇이었다.

"어느 학교 다녀?"

나는 뻔한 질문을 던졌다. 어느 학교라고 해도 우리 학교나 근처에 있는 학교가 아닌 이상 알지도 못하면서.

"서대전고등학교. 너는?"

"난 의진고. 대전에서 온 거면 꽤 멀었겠네. 문과야?"

대전이라…… 대전이 충청도에 있나? 경상도였나? 그건 대구인가? 아, 모르겠다. 여자애하고 말 몇 마디 하는 게 왜 이리 힘들지. 나는 말을 이어 가기 위해 안간힘을 썼다. 이한솔은 별거리낌 없이 잘 대답하는데 나는 왜 이러는 거지.

"응, 문과야. 공학이긴 한데 남녀 분반이라 남자애들하고 말 별로 못 해 봤어. 나 이상해?"

그 정도면 남녀 합반인 나보다 훨씬 말 잘해. 나는 목 끝까지 밀려 나온 말을 간신히 삼켰다. 괜찮은 애 같았다. 이대로 계속 같이 다니게 된다면 어떨까, 하는 생각을 잠시 했다. 만난 지 삼십 분도 안 됐는데 너무 앞서 가는 것 같아서 곧 그만뒀지만. 이한솔이 걷는 속도가 느려서 대강당에 도착했을 때는 이미 먼저 온 사람들이 의자를 다 차지하고 있었다.

"사람 왜 이리 많냐. 앉을 데가 없네."

여자애를 내내 세워 두기도 무엇해서 괜히 투덜거리자 이한솔이 웃었다.

"만해백일장 때는 대강당에 사람이 너무 많아서 완전 콩나물시루였는데, 여긴 좀 양호하네. 어차피 글제 나오면 나가서 쓸 테니까 서 있지 뭐."

백일장을 꽤 많이 다녀 본 말투다. 카페 검색으로 봤을 때는 수상자 명단에 한 번도 올라간 적이 없던데. 얘나 나나 들러리 신세인가. 대강당 입구에서 받은 백일장용 지정 원고지를 펄럭거리며 기다리기도 잠시, 곧 개회사가 시작되었다.

어딜 가나 개회사는 비슷하다. 더운 날씨에 오느라 고생이 많았다, 청소년 문사 여러분을 만나게 되어서 기쁘다, 우리 학교는 올해로 몇 년째 백일장을 개최한다 등등. 그런 건 다른 학교에서도 많이 하는 이야기니까 빨리 글제를 주세요. 사람들이 자꾸 쳐다보는 것 같아서 목덜미가 근질거린단 말이에요. 사회자가 칠판에 글제를 적자 강당 안에 들어찬 사람들이 일제히 종이 넘기는 소리와 펜 사각거리는 소리를 냈다. 글제는 구멍. 시와 소설 모두 같았다. 구멍이라…….

구멍 가지고 대체 어떤 이야기를 써야 하나. 이한솔도 뭐가 뭔지 모르겠다는 표정을 짓고 있어서 일단 강당 밖으로 나가기로 했다. 열 시부터 열두 시 반까지 교내 아무 데서나 쓰고, 마감 벨 울리면 대강당 입구 접수대에 제출만 하면 된다고 했으니까. 어차피 나가서 써야 할 거라면 애들이 몰려나오기 전에 그늘이라도 잡아 두는 게 유리할 것 같았다. 내가 카디건 어깨를 잡아당겨 밖으로 나가자는 눈짓을 하자, 이한솔이 고개를 끄덕였다.

5월 말이라 소풍 가기는 좋은 날씨였지만 두 시간을 앉아서 뭘 쓰기엔 영 아니었다.

"어디서 쓸 거야?"

마땅히 깔고 앉을 것도 없는데 어떻게 해야 하나. 나는 고민 중인데 이한솔은 별 고민도 없는 듯 어깨를 으쓱해 보였다.

"작년에 왔을 때 봐 둔 자리 있어. 나 거기 가서 쓸게."

나 거기 가서 쓸게? 나는 놔두고 가겠다는 말인가? 휴대폰도 없다면서 어떻게 연락을 할 셈이지. "나도 같이 가도 돼?"라고 하자 애매한 표정을 짓는 걸 보니 정말 날 두고 갈 생각이었나 보다.

"방해되면 좀 떨어져 앉을게. 연락하는 것도 귀찮잖아."

나름 용기를 내서 한 말인데, 이한솔의 귀로 전달되기까지는 시간이 걸리는지 잠시 아무 반응이 없었다. 사람들이 슬슬 몰려나오기 시작해서 어딜 가든 빨리 가야 하는데. 이한솔이 큰 결심이라도 했다는 듯 고개를 끄덕였다.

"그래. 이쪽으로 와."

이한솔은 아까와는 달리 빠른 걸음으로 대강당 뒤쪽으로 난 도로를 가로질렀다. 대학교는 다 이렇게 큰가. 건물이 열댓 개는 넘는 것 같았다. 따라가던 도중 뒤를 돌아보니 사람들은 대부분 접수대 근처인 대강당 앞 잔디밭에 자리를 잡았다. 이렇게 멀리 가면 마감 시간에 늦지 않을까 싶을 정도로 여러 개의 건물을 지나쳤을 때, 이한솔이 걸음을 멈췄다.

명당이라면 명당이었다. 텅 빈 주차장 주위로 나무가 그늘을 드리우고 있었다. 이한솔은 주차장 한구석으로 가 주저앉더니 가방에서 필통을 꺼냈다. 시계를 보니 열 시 이십 분. 바로 시작하면 두 시간 정도는 쓸 수 있었다. 여긴 어떻게 알았어? 전엔 상 탔어? 시야, 소설이야? 묻고 싶은 게 점점 늘어났지만, 글을 다 쓸 때까진 아무 말도 하지 않겠다는 의지가 느껴지는 이한솔의 얼굴을 보고 입을 다물었다.

주위는 조용했다. 가끔씩 바람 소리와 멀리서 지나가는 차 소리만 들릴 뿐, 아무도 오지 않았다.

펜을 꺼내서 연습장에 몇 줄인가를 써 봤지만 마음에 드는 이야기가 떠오르진 않았다. 백일장이라는 게 그렇다. 자기가 쓰고 싶은 이야기가 아니라 글제에 맞는 이야기를 지어내야 한다. 그런 기준이라도 세워 놓지 않았다간 심사하기가 힘들 거다. 솔직히 말하자면, 아무 이야기도 떠오르지 않아서 원고지를 내지 못하고 집에 간 적도 있다. '구멍'이라고 해도 지금 내 머릿속에 난 커다란 구멍밖에는 아무것도 생각나지 않는 이 기분. 그렇지만 참 익숙하고, 그래서 조금 슬픈 기분.

이한솔은 열심히 쓰고 있었다. 한참을 멈추지 않는 걸 보니 소설을 쓰는 것 같았다. 같은 분야구나. 나는 결국 되는 대로 이야기를 지어내기로 했다. 손에 구멍이 뚫려서 아무것도 쥐지 못하는 사람······. 구성도 엉망이고 문장도 엉망이고, 이번에도 상 타기는 글렀다는 생각이 펜을 잡은 손 위에 한숨처럼 떠다녔다. 그래서 그냥 하늘이나 보기로 했다. 오전 열 시에서 열두 시로 넘어가는 하늘. 날씨가 좋아서 해는 점점 우리 머리 위에 수직으로 떠올랐고, 주위 그림자는 짧아지는데도 이곳 주차장의 그늘은 가시지 않았다. 정말 명당은 명당인가 보다.

쓰다 말고, 쓰다 말고 하다 보니 열두 시가 다 되었다. 멀리 대강당 쪽에서 확성기 소리가 들렸다. "마감 삼십 분 전입니다. 백일장에 참가하신 학생 여러분께 알려드립니다. 마감 삼십 분 전입니다." 아무려면 어때. 오늘은 그냥 여자애하고 단둘이 밥 한 끼 먹는 걸로 만족하고 집에 가야겠다. 확성기 소리에 이한솔이 고개를 들었다.

"다 썼어?"

"응."

"그럼 먼저 내지."라고 중얼거리며 이한솔이 자리에서 일어섰다. 긴소매 카디건까지 입고 있더니 얼굴에 땀이 흥건했다. 덥기도 하겠다. 그대로 원고지를 내러 가나 싶더니 이한솔이 가방을 내려놓고 나를 돌아보았다.

"화장실 가서 세수 좀 하고 올게. 기다려."

나는 고개를 끄덕였다. 쟤는 여기 화장실이 어디 있는지도 다 아는 모양이다. 누가 보면 이 학교 학생인 줄 알겠네.

봄날의 정오. 가끔씩 바람이 불었고, 나뭇잎이 흔들렸다. 그리고 이한솔이 필통으로 눌러놓은 원고지가 날아갈 듯 팔랑거렸다. 나는 별 의식 없이 그 원고지를 집어 들었다. 좋은 글이면 베껴야겠다는 마음 같은 건 애당초 없었다. 대강당까지 가는 데 걸리는 십 분을 빼면 남은 시간은 십오 분 정도. 시라면 몰라도 소설을 베낄 수 있는 시간은 절대 아니었다. 그냥 궁금했을 뿐이다. 오늘 처음 만난, 그런데도 묘하게 마음에 드는 이 조그만 여자애가 어떤 소설을 썼는지. 딱 그것뿐이었다.

곧이어 나는, 방금 전까지 평화롭게 흔들리던 나뭇잎들에게 한꺼번에 뺨을 맞은 듯한 느낌을 받았다. 원고지 맨 위에는 학교와 학년, 이름을 적는 칸이 있었다. 백일장 심사 때는 이 부분을 따로 가려서 개인 정보를 볼 수 없게 한다던가. 하지만 내가 심사를 하는 것도 아니었으니 내 눈은 자연스럽게 그 부분으로 갔다. 그리고 그 부분에는 또박또박한 글씨체로 이렇게 쓰여 있었다. 청산고등학교 3학년 2반 김윤희. 익숙한 이름이었다. 아주 많이. 설마 청산고등학교에 김윤희가 또 있나? 백일장 다니는 김윤희가? 아니, 그렇다 쳐도 일단 3학년이잖아? 나는 한 손에 원고지를 꽉 쥔 채 고개를 돌렸다. 저 멀리서 이한솔이, 아니 김윤희가 걸어오고 있었다.

이한솔, 아니 김윤희, 아니 누구든. 그 '누군가'가 내 앞으로 다가올 때까지 나는 원고지를 든 채 얼빠진 얼굴로 서 있었던 것 같다. 그렇지 않고서야 누군가가 그렇게 걱정스러운 표정으로 날 올려다보지 않았을 테니. 내 손에 들려 있는 자신의 원고지와 내 얼굴을 몇 번 번갈아 쳐다보던 누군가가 내게 물었다.

"봤어?"

나는 바보같이 고개를 끄덕였다. 누군가가 작게 한숨을 내쉬더니 가방을 집어 들었다. 등 뒤에 나와 자신의 원고지를 버려 둔 채 누군가는 성큼성큼 걷기 시작했다. 그러고 보니 뒷모습이 훨씬 낯익었다. 당연한 일이다. 시상대에 올라가서 상을 탈 때마다 김윤희의 뒷모습을 봤을 테니까. 시상대에 나란히 서 있을 때도 다른 사람보다 유난히 작던 뒷모습이 어슴푸레하게 기억날 것 같았다. 내가 사람 얼굴을 잘 기억하는 편이었다면 터미널에서 알아차렸을지도 모르는 일이다.

아니, 그것보다 나는 지금 화를 내야 하는 건가? 뭘 어떻게 해야 하지? 다시 확성기 소리가 들렸다. "백일장에 참가하신 학생 여러분께 알려드립니다. 마감 십 분 전입니다." 십 분. 일단은 이 종이들을 가져다 내야 한다. 그게 누구 것이라고 해도. 나는 온 길을 되짚어 달려갔다.

접수대에 원고지를 내고 나자, 대강당 문에 기대 서 있던 이한솔이 고개를 끄덕였다. 수고했다는 뜻인지, 인사인지 모르겠다. 어느 쪽이든 기분이 좋지는 않았다. 나는 지금 속은 거니까. 접수대 앞에 줄지어 서 있던 사람들이 우리를 쳐다보는 게 느껴졌다. 아까도 받았던 느낌이다. 저 사람들 중 누군가가 김윤희의 얼굴을 기억하고 있던 건가. 그래서 나를, 나와 같이 서 있는 이 애를 번갈아 쳐다봤던 건가. 이 애가 아니라, 누나라고 불러야 하나? 아니, 아무튼.

이한솔은 볼일이 끝났다는 듯 정문 쪽으로 걸어갔다. 나는 반사적으로 보폭을 넓혀 따라잡았다. 그쪽은 전혀 걸음을 멈출 생각이 없어 보였기 때문에 걸으면서 질문을 해야 했다.

"너, 이름이 뭐야?"

"봤잖아. 김윤희야."

분명 속인 건 저쪽인데, 당당하게 대답을 하니 내가 잘못한 게 아닐까 하는 착각마저 들었다.

"이한솔이라며? 고2라며?"

김윤희, 그래, 김윤희는 걸음을 멈췄다. 허리에 손을 올려놓는 폼이 '거참 말 많네.'라고 온몸으로 항의하는 듯 보였다. 그래, 무슨 말이든 해 봐라. 상이고 뭐고 나도 이대로 얌전히 집에 가면 평생 머리가 아플 것 같았다.

"김윤희고 고3이야. 그러니까 이제 누나라고 부르지그래?"

"야, 그러니까…… 내가 뭐 보고 싶어서……."

"버스 왔어. 돌아갈 거면 버스 타고 얘기하자. 여기 종점이라 버스 잘 안 와!"

김윤희의 마지막 말은 버스를 향해 뛰면서 외친 터라 반쯤은 고함처럼 들렸다. 다음 버스는 사람들로 꽉꽉 차 있을 게 뻔하니 조금이라도 일찍 타는 게 나을 것 같아서, 나도 뛰었다.

버스 안은 올 때보다는 비교적 한산했다. 그렇다고 해도 백일장을 마친 사람들이 타고 가기는 마찬가지라 우리 둘은 서먹하게 앉아 있었다. 정신을 차리고 보니 배가 고팠다. 나는 그저 누군가와 밥을 같이 먹으려고 글을 올렸을 뿐인데, 어쩌다 이렇게까지 된 걸까.

우리 둘은 터미널에서 내렸다.

"뭐 해? 밥 먹자며."

김윤희가 앞장을 서서 패스트푸드점으로 들어갔다.

주문한 햄버거를 받고 구석에 앉자 김윤희는 말없이 내 눈을 노려보았다. 이제 누가 잘못한 건지도 모를 지경이었다. 나는 남의 원고지를 허락도 없이 봤으니 잘못했고, 저 사람은 나를 속였으니 잘못했고. 그러니까 둘이 잘못한 걸 적절히 합쳐서 플러스마이너스, 제로, 안녕히 가세요. 이렇게 되려나? 그건 아닌 것 같았다. 어떻게든 해명을 듣고 싶었다.

"그러니까…… 왜?"

온라인이면 오히려 잘 말할 수 있을 텐데, 막상 얼굴을 마주하고 보니 말도 잘 나오지 않았다. 김윤희는 잠시 뒤를 돌아보더니, 아무도 듣지 않는다는 걸 확인하고 입을 열었다.

"나야말로 '왜'다. 왜 남의 원고지는 뒤집어 봐?"

그 점에 대해서라면 할 말이 없었다. 명백히 내 잘못이었다. 기분 좋게 바람이 불었고, 원고지가 날렸고, 마음에 드는 여자 애가 쓴 글이 궁금해서 뒤집어 봤다고 하면 누가 믿을까. 나는 항복한다는 의미로 두 손을 들었다. 그러니까 이제 김윤희가 내 질문에 대답할 차례였다. 김윤희가 한숨을 쉬었다.

"정말, 네가 그런 일만 안 했어도 기분 좋게 밥 먹고 헤어졌을 텐데."

"동문서답하지 말고. 나 알아? 알고 이런 거야?"

"아니."

처음 봤을 때, 남자하고 말해 본 적 별로 없다는 얌전한 여자애는 어딜 간 걸까. 내가 한 살 아래라는 게 명확해진 탓인지 김윤희는 숫제 나를 남동생 다루듯 했다. 내가 누구인지 모른다면 내게 특별한 악의가 있어서 이런 일을 한 건 아니라는 소리다. 김윤희는 콜라에 꽂힌 빨대를 한 번 쭉 빨더니 말을 이었다.

"그냥 순수하게 다른 사람하고 같이 백일장 가고, 밥 먹고, 헤어지고 싶었어. 너도 혼자 밥 먹기 싫었다며? 나도 그래."

"그렇다고 속여?"

"너, 내가 김윤희라고 했어도 만났을 것 같아?"

나는 또 입을 다물었다. 솔직히, 상대가 누군지 알았다면 만나지 못했을 거였다. 누나라는 건 둘째 치고, 김윤희라는 이름이 주는 부담감이 싫었다. '혼자 밥 먹기 심심해서' '부담스럽지 않은' 누군가를 바란 건데 너무 유명한 사람이 덜컥 걸리면 또 애매하다. 나는 아래로 처지는 고개를 간신히 가로저었다. '그것 봐.'라는 눈으로 김윤희가 나를 쳐다보았다.

"나도 이런 건 처음이라 나름 철저하게 준비했다고. 학교 들키지 않으려고 사복도 입고. 누가 전화 걸면 내 이름 나올까 봐 휴대폰도 일부러 두고 오고. 힘들었어."

힘들었다는 말은 그럴 때 쓰는 게 아닌 것 같은데.

"그래서, 오늘 들키지 않았다면 어떻게 하려고 했는데?"

고작 한 끼의 식사를 같이 하기 위해 온갖 노력을 기울였을 상대를 생각하면 안쓰럽기도 하지만 오싹하기도 했다. 만약 내가 그 '실수'를 하지 않았더라면 우리 둘은 아무것도 모른 채 밥을 먹고 헤어졌을 것이다. 그리고 나는 서대전고등학교의 이한솔이라는 여자애를 만났다고 우진 형에게 이야기하겠지. 우진 형도 자연스럽게 믿었을 테고.

"너하고 연락 끊고 잠수 타야지. 나도 이런 일을 두 번이나 할 생각은 없었어. 그냥……."

김윤희가 말꼬리를 흐렸다.

"그냥?"

"네 글 보니까, 안 좋은 일인 줄은 알면서도 그렇게 해 보고 싶었어. 나도 늘 혼자 밥 먹었거든. 그래서 다른 사람하고 밥 먹고 싶었어."

"그게 전부야."라고 말하며 김윤희는 고개를 숙였다. 그러더니 곧 고개를 들고 "다른 사람한테는 말하지 마."라고 덧붙였다. 나는 순순히 고개를 끄덕였다. 말해서 뭐해. 그러나 곧 따라붙은 "아무한테도."라는 말에 잠깐 망설여지기도 했다. 우진형한테도? 하지만 김윤희의 눈은 정말이지 '간절'이라는 단어를 써 붙인 것 같았고, 나는 그렇게 하겠다고 약속했다.

내 몇 마디 말에 마음을 놓았는지, 김윤희는 조잘조잘 자신의 이야기를 풀어 놓았다. 어디까지가 진짜고 어디까지가 거짓말이었는지. 대전이 아니라 서울과 조금 더 먼 소도시에 산다는 것. 공학이긴 하지만 남녀 분반이라 남자애들을 볼 일이 없다는 것. "시외버스를 타고 수원까지 오는 동안, 그리고 백일장 내내, 누군가가 나한테 말을 걸고 내 이름을 말할까 봐 얼마나 조마조마했는지. 십 년 치 모의고사를 하루에 다 푸는 기분이었어."라며 패스트푸드점 플라스틱 탁자 위에 엎드리는 걸 보면 그저 그런 보통의 고등학생 같기도 했다.

다음 버스가 도착했는지 한 떼의 사람들이 패스트푸드점 안으로 몰려들어 왔고, 우리는 자리에서 일어섰다. 김윤희가 대전이 아닌 다른 도시로 가는 표를 끊고 버스를 기다리는 동안 나는 마지막으로 물었다.

"그런데 왜 혼자 밥 먹어? 상 많이 타면서 아는 사람 없어?"

김윤희는 마치 희귀한 동물을 보는 듯한 눈으로 나를 올려다보았다.

"너, 날짜변경선 말고 다른 백일장 카페 안 가지?"

"응."

백일장 정보는 한 카페에서만 얻어도 충분하기 때문에 굳이 다른 카페를 기웃거린 적은 없었다. 나는 그나마 온라인에서는 말이 좀 많은 편이지만, 사람을 깊게 사귀는 편도 아니었다. 오히려 카페에 가입하자마자 이것저것 댓글을 달아 주고 메신저 주소를 알려 준 우진 형과의 관계가 특이한 편에 속했다. 그런데 그게 이상한 거였나. 김윤희는 머리를 쓸어 넘기고는 버스 정류장 쪽으로 고개를 돌렸다.

"그냥 그래. 밥 먹자고 말할 사람이 없어."

김윤희가 손을 흔드는 바람에 나도 엉겁결에 손을 흔들었다. 화를 내야 하는데 엉뚱하게 말려든 것 같다. 뭐 아무려면 어때. 둘이서 먹은 햄버거가 혼자 먹었을 때보다 훨씬 맛있었잖아. 그래, 여자 친구 대신 아는 누나 하나 생긴 셈 치자. 나는 목소리를 높였다.

"잘 가, 누나!"

03

말할 걸 그랬지

그날 일어난 일들에 대해 우진 형에게 말하지 않았다. 윤희 누나와의 약속을 지키려고 그랬던 것은 아니다. 뭐라고 말해야 할지 알 수 없어서였다. '어땠어?'라고 묻는 우진 형에겐 '잘 모르겠어.'라고만 대답했다. 우진 형은 '이한솔이 썩 예쁘진 않았던 모양이네.'라며 낄낄거렸다. 모니터 너머로 내 표정이 보이지 않아서 다행이었다.

K대학교 백일장 이후로 윤희 누나와는 거의 문자로만 이야기를 나눴다. 개교기념일이라고 했더니 뭐 할 거냐는 답장. 사람 만나러 예고에 간다고 문자를 보냈더니 '잘생긴 남자 있으면 사진 찍어서 전송 좀.'이라는 답장이 돌아왔다. 아, 네.

휴대폰을 주머니에 집어넣고 다시 교문 안쪽을 바라보았
다. 네 시가 넘었으니 슬슬 수업이 끝날 때가 되었다. 위아래
베이지색인 예고 교복을 입은 여자애들이 나를 힐끔힐끔 보
면서 교문을 나섰다. 잘생긴 남자는 무슨. 여자애들이 80프로
는 되는 것 같았다. 우리 반도 문과라 여자가 더 많은데, 여기
에 비하면 남고 수준이구나. 언뜻 봐도 연예인처럼 예쁜 애들
이 많아서 이 학교 다니는 남자들이 무슨 생각을 하고 살지
궁금해졌다. 우리 학교는 여자들이라고 해 봐야 점점 남성화
되어 가는 애들, male도 female도 아닌 not male인 애들밖에
없는데.

저 멀리 우진 형이 보였다. 아, 드디어 남자를 보니까 반갑기
까지 하다. 손을 번쩍 들어 우진 형을 불렀다.

우진 형이 등나무 아래에 가방을 벗어 놓으며 말했다.

"새끼, 진짜 왔네. 나 늦게 끝났을지도 모르는데."

내가 학교로 직접 찾아온 건 처음이다. 둘 다 학교를 다니니
평일에는 만나기 힘들고, 주말이라고 해도 남자 둘이 만나면
게임방밖에 더 가나 싶고. 우진 형이 "네가 갑자기 보자고 해
서 난 너한테 고백이라도 받는 줄 알았다?"며 낄낄거렸다. 사
실 숨기는 건 있지만 그건 고백할 수 있는 게 아니었다. 더웠
다. 나는 매점에서 사 온 콜라 캔을 얼굴에 문질렀다.

"수업 끝나면 뭐 해? 예고는 야자 없다며."

"아, 인문학 스터디."

인, 뭐? 나는 눈썹 사이를 좁히며 되물었다.

"예고에선 그런 것도 배워?"

"배우는 건 아니고 몇몇 애들끼리 모여서 하는 거야. 철학이나 역사도 좀 보고. 그래 봐야 애들끼리 하는 거니까 잘 안 풀릴 땐 갑갑하긴 매한가지다."

철학이니 역사니, 우리 학교에선 흔하지 않은 단어라 생경하기까지 했다. 역사는 수능 때 사탐 선택으로 세계사 하는 애들이나 공부하는 거 아닌가. 철학은 윤리에서 배우는 거고.

우진 형은 더 말하기 귀찮다는 표정으로 고개를 절레절레 저었다.

"아무튼, 이렇게 찾아와서 할 얘기가 뭐냐? 그냥 심심해서 왔어?"

나는 머뭇거렸다. 사실은 나도 내가 무슨 이야기를 하고 싶어서 왔는지 모르겠다. 뭔가 답답하긴 했다. K대학교 백일장에서 윤희 누나를 만난 이후로. 그렇지만 그 답답한 무언가를 시원히 물어볼 수도 없었다.

"그냥, 예고는 어떤지 궁금해서."

우진 형이 별 싱거운 놈 다 본다는 듯이 내 어깨를 쳤다.

"편입해. 그럼 다 안다."

편입이라, 그게 말처럼 쉬운 게 아니잖아. 시험도 봐야 하고 등록금도 비싸다며.

나는 멍하니 앉아 콜라만 홀짝거렸다. 우진 형은 기지개를
펴며 등나무 벤치에 드러누웠다. 여름이 가까워져 등나무 덩
굴이 그물처럼 나무들 사이를 메우고 있었다. 우진 형이 나른
하게 중얼거렸다.

"다 똑같아. 너네는 대학에 가서 하려고 하고, 우리는 고등
학교 때도 하고 대학에 가서도 하려고 하는 거지. 다를 거 없
어."

"그럼 형은 왜 편입했어?"

내 목소리에 불만이 묻어났다. 담임이 놀린 게 아직도 쌓여
있었다. 일주일 뒤 발표가 난 K대학교 백일장 수상자 명단에
도 내 이름은 없었다. 담임은 내 뒤에 대고 "네 이름, 어째 명
단에 올라가는 걸 본 적이 없다?"며 능글거렸다. 한 가지 위안
이 되는 걸 꼽으라면, 윤희 누나도 그 명단에 없었다는 점이
다. 그렇지만 내가 '상을 타지 못했다'는 이유로 누굴 놀릴 처
지가 되기나 하나. 아니, 그 상황에 윤희 누나가 상까지 탔다
면 나는 정말 비참했을 거다.

"책이라도 마음껏 읽고 싶어서."

우진 형이 돌아누워 엎드리며 대답했다.

"읽고 싶어서? 쓰고 싶은 게 아니라?"

"뭘 따지냐. 읽다 보면 쓰고, 그런 거지."

우진 형의 등으로 등나무 줄기 그림자가 졌다.

우진 형에게 학교 이야기를 듣는 건 처음이었다. 메신저에서 만나면 가벼운 농담 따먹기나 백일장 이야기, 게임 이야기 정도만 했다. 온라인으로 만난 사람에게 온라인이 아닌 일을 묻는다는 게 왠지 껄끄러워서, 예고에서 뭘 하는지는 물어본 적이 없었다.

"사실 예고까지 올 생각은 없었어. 그냥 나 있던 데서도 백일장 나가고 하다가 대학만 문창과로 가면 되는 거니까. 그런데 계속 학교를 빠지려니 눈치가 보이잖아. 비교도 되고."

"비교?"

우진 형은 말없이 운동장 쪽으로 고개를 돌렸다. 꼭 거기 누가 서 있기라도 하다는 듯.

"그런 게 있어. 아무튼, 야자 시간에도 난 책 읽고 글 쓰고 싶은데 우리 학교는 문제집만 풀게 했거든. 그렇다고 다른 데서 책을 읽자니 1학년이라도 야자 빠지면 담임이 호출하고. 하는 수 없이 몰래몰래 문제집 밑에 두고 읽었지. 그렇게 한 학기를 보냈는데, 가을에 일이 터졌어."

우진 형이 들려준 이야기는 꽤 길었다.

"시집을 복사해서 수학 문제집에 끼워 놓고 읽었거든. 다른 날은 한 페이지 읽고 주변 둘러보고 하는 식으로 감시를 피했는데 그날따라 그게 잘 안 되더라고. 담임도 앞에서 졸고 있는 것 같아서 아예 수학 문제집은 치워 두고 시만 읽었지. 그런데 언제 왔는지 담임이 내 책상을 탁 때리더라."

우진 형은 목을 가다듬더니 느릿한 중년 남자의 목소리를 냈다.

"'우리 문학소년께서는 수학보다 독서에 흥미가 있으신가 보구나. 이우진, 선생님은 저녁밥 먹고 책 보면 졸리던데 넌 그런 것도 없나 보다? 그래, 이 가을에 혼자만 독서하지 말고, 반 친구들한테도 네가 읽던 책에서 한 구절 읽어 줘라.' 그때가 저녁밥 먹고 한창 졸릴 때라 애들이 다들 죽어 가고 있었거든. 병든 닭이 마흔 마리가 쌓여 있다고 생각하면 딱이다. 그 상황에 담임이 뭔가 이벤트를 벌인 것 같으니 애들은 신 나서 맞장구를 쳤지. 빨리 읽어 보라고. 아, 진짜."

거기까지 말하고 우진 형이 생각만 해도 진저리가 난다는 표정을 지었다. 그거야 뭐, 작년 우리 담임도 가끔 하던 일이 었다. 옆 사람하고 떠들다가 걸리면 지금 했던 대화를 큰 소리로 반복해 보라는.

"읽지 그랬어?"

"다른 날, 다른 책이 걸렸다면 내가 당당하게 읽었을 거다. 그런데…… 씨발, 그날은 좀 아니더라."

이쯤 되면 나는 당시 우진 형과 같이 야자를 하고 있던 애들만큼이나 우진 형이 읽었다는 책이 궁금해질 수밖에 없었다.

"뭐 읽다 걸렸는데?"

"정말 듣고 싶어?"

나는 기대를 가득 담은 표정을 지으며 고개를 끄덕였다.

"너, 웃으면 죽여 버린다."

우진 형은 운동장을 둘러보고, 아무도 오지 않는다는 것을 확인하고 등나무 의자를 밟고 올라섰다. 〈토탈 이클립스〉에 나오는 랭보처럼, 아무것도 없는 의자 위를 걷어차듯 걸으며 우진 형이 입을 열었다.

"어느 날 아버지의 귀두가 내 것보다 작아졌다."

들이쉬던 숨이 목에 걸렸다. 사레들린 것처럼 기침이 계속 튀어나왔다. '귀두'라니. 내가 알고 있는 그거 맞나? 우진 형은 "씨발."이라고 작게 중얼거리더니 다시 벤치 위를 걸으며, 벤치 사이를 건너뛰며 웃지도 않고 계속 외웠다.

"나는 더 이상 아버지와 장난감 트럭을 들고 목욕탕에 가지 않고, 나는 더 이상 아버지의 악어 벨트를 허리에 차고 밖에 나갈 수 없고, 나는 더 이상 아버지의 속주머니를 뒤져, 오락실에 갈 수도 없는 나이가 되어 버렸다……"

시는 꽤 길었다.

"돗자리에 누워서 잠드신 아버지의 팬티 사이로 누름한 불알 두 쪽이 바닥에 흘러나온 것을 본다……"

우진 형은 멈추지 않았다. 나는 이 긴 시를 우진 형이 다 외우고 있다는 사실보다, 귀두와 불알이 나오는 시의 내용보다, 시종일관 진지한 우진 형의 표정이 더 놀라웠다.

"나는 튼튼 우유를 하나 사 가지고 와 잠드신 아버지 옆에 살짝 놓아 드렸다, ……반대편으로 여십시오."

여러 줄로 배열된 벤치를 한 바퀴 돈 우진 형이 내 앞에 섰다. 웃으면 죽여 버린다고 했던 표정 그대로, 못마땅한 얼굴이었다. 필사적으로 웃음을 참는 내 얼굴이 더 우스웠는지, 우진 형은 한숨을 내쉬고 다시 내 건너편 의자에 앉았다.

나는 손으로 입을 막았다. 시를 다 듣고 나니 그제야 웃음이 밀려왔다. 이건 안 웃으려고 해도 안 웃을 수가 없다. 우진 형은 그날의 악몽이 떠올랐는지 부르르 몸을 떨었다. 상상을 해 보면 그것만큼 두고두고 전교에 이야깃거리가 될 만한 일도 없었다. 갑자기 누군가가 일어나서 방금 전 읽던 책을 소리 내어 낭독하기 시작했는데, 하필 그 부분이……. 한창 피 끓는 열일곱 살 소년들은 그 시가 어떤 시인지는 상관없이 더듬더듬 빨개진 얼굴로 시를 읽어 가는 우진 형에게만 집중했을 테니까.

정신 나간 것처럼 허리를 꺾어 가며 웃는 나를 원망스러운 얼굴로 내려다보던 우진 형이 내 옆구리를 쥐어박았다.

"이 새끼가! 아무튼 그날 난 야자 끝날 때까지 시 뭉치를 입에 물고 교탁 앞에 서 있었다고. 그리고 다음 날 하루 종일 그

시 제목을 가르쳐 달라는 질문과 놀림에 시달렸고. 아마 1학년 남자반 새끼들은 전부 와서 물어보고 간 것 같다. 아, 진짜. 그래서 편입 시험 준비했다. 됐냐?"

어련하시겠어. 그러게 왜 하필 그날, 그 시집, 그 시를 읽고 있어서 이런 지경에까지 온 거야. 나는 간신히 허리를 폈다. 아, 옆구리 아파.

"쪽팔려서?"

"아니."

우진 형이 일어서서 등나무 옆에 둔 가방을 집어 들었다.

"외롭더라. 존나게 외롭더라고. 난 자포자기해서 이왕 이렇게 된 거 될 대로 돼라, 하고 제목 물어보는 새끼들한테 전부 가르쳐 줬거든. 그 시인이 누구고, 그 시 제목이 뭔지, 어느 시집에 실려 있는지. 그러면 누군가는 분명히 찾아봤을 거란 말이야. 야동 하나 찾으려고 온 인터넷을 다 뒤지는 새끼들이니까. 그런데 단 한 명도 나한테 다시 와서 '그 시집 정말 좋더라.'고 말해 준 새끼가 없었어."

나는 잠자코 우진 형의 말을 들었다.

"예고 가서 글 쓴다는 새끼들을 만나면 적어도 이 시집 좋다, 이 시 좋다는 얘기는 나눌 수 있을 것 같았단 말이지. 그런데 막상 예고로 편입해서 왔더니 남자는 한 반에 다섯 명이 될까 말까 하고. 뭐 이러냐. 되는 게 없어!"

우진 형은 운동장에 몇 없는 돌멩이를 골라 차면서 앞장서서 걸어 나갔다. 나는 그 뒤를 따랐다.

"아, 형, 웃어서 미안. 이러려고 온 게 아닌데."

"됐어, 새끼야!"

버럭 소리를 지르긴 했지만 우진 형도 화가 난 눈치는 아니었다. 그나저나 여기에서 다시 우리 집까지 가려면 한 시간은 넘게 걸릴 테니 슬슬 움직여야 했다. 우진 형의 하숙집은 학교 바로 앞에 있었다. 원래 집은 지방 어딘가라고 했다. 편입을 한 이후 학교 근처의 하숙집에서 먹고 자며, 추석이나 방학 때 집에 내려간다고 했다.

"이 학교에서 남자 새끼들은 다 그 하숙집에 있는 것 같다. 하숙집에 들어가면 눈앞이 칙칙해져."

우진 형이 한숨을 쉬었다. 등으로 쏟아지는 늦은 오후의 햇볕을 받으며, 우진 형과 나는 지하철역으로 가는 버스를 기다렸다.

"형, 근데 그 시 제목은 뭐야?"

"아버지의 귀두, 김경주 시인."

내가 버스를 타기 직전, 결국 우진 형은 내 정강이를 힘껏 걷어찼다.

4호선 지하철에 올랐다. 그제야 우진 형에게 막상 묻고 싶었던 걸 물어보지 못했다는 게 기억났다. 아니, 무의식적으로 잊고 싶었는지도 모른다. 형이 모르는 이한솔이 아니라, 김윤희에 대해. 어떤 사람이고, 어떤 글을 쓰는지. 우진 형이 보기에 김윤희는 어떤 존재인 것 같은지. 그 의문은 K대학교 백일장 이후 내가 찾아본 김윤희와 내가 만난 김윤희 간의 차이가 이 우주와 저 우주의 사이만큼 넓었던 것에서 비롯되었다.

단 한 번 보고 그 사람의 전체를 다 알 수 있다면 세상의 수많은 사기극은 생겨나지도 못했을 테지만, 적어도 내가 본 김윤희는 그냥 보통 고3 여자애였다. 키가 작고, 글을 잘 쓰고, 자기 잘못을 남에게 뒤집어씌워 따지는 일에 특별한 재능이 있고, 낯선 사람 앞에서 주눅 드는 일이라고는 하나도 없을 것 같은. 조금 뻔뻔한 구석은 있을지 모르지만, 좋은 사람 같았다.

하지만 온갖 검색과 카페 가입을 통해 알아낸 김윤희, 그러니까 다른 사람의 눈으로 본 김윤희는 전혀 다른 사람이었다. 그 많은 글들 중 몇몇 개에는 '악의'가 담겨 있었다. 정말로 그 사람을 싫어하지 않으면 쓸 수 없는 글이었다. 당사자가 화를 내기를 바라고 쓴 것일지도 모른다는 생각마저 들었다. 그리고 누나, 그러니까 김윤희가 그날 헤어지면서 내게 했던 말. '다른 백일장 카페 안 가지?'라는 말로 미루어 볼 때, 누나도 그 글들을 읽었다는 느낌이 들었다. 그리고 정말로 내가 혼란스러워했던 것은 한 게시물 때문이었다.

그날, 윤희 누나의 말을 듣고 나는 인터넷 검색을 통해 몇 개의 백일장 카페를 더 찾아냈다. 가입을 하기 전 '김윤희'라는 키워드를 넣어 카페 안의 글들을 검색해 보았다. 가장 많이 걸려 나오는 종류의 글은 백일장 수상자 명단이었다. 물론 상을 타지 않은 경우는 검색이 되지 않을 테니 떨어진 날이 더 많을지도 모르지만, 1학년 때부터 지금까지를 전부 합치면 수상 기록이 열 손가락을 넘었다. 그게 많은 거냐고 누군가 물을지도 모른다. 하지만 적어도 꼽을 손가락이 하나도 없는 내 입장에선, 아주 먼 기록처럼 느껴졌다.

그중 규모가 꽤 큰 카페에서 작년 5월에 작성된 그 글을 읽었다. 윤희 누나가 고2, 내가 고1, 우진 형이 고2. 내가 우진 형도, 윤희 누나도 아직 알게 되기 전의 글이었다. 그 글은 명백히 '개인적으로 김윤희를 싫어하는' 사람이 올린 것이었다. 인터넷상에 공개된 백일장 입상작들 중에서 윤희 누나의 글을 끌어와 조목조목 짚고 있었지만, 비평이라기보다는 비난에 가까운 말들이었다. 그리고 그 게시물은 누군가가 작성한 것을 스크랩해 온 글이었다. 원본 글의 작성자는 내가 잘 알고 있는 닉네임을 쓰고 있었다. 무기질소년. 우진 형의 닉네임이었다.

……고등학교 2학년이 이 정도의 수상 실적을 내는 게 쉬운 일

은 아니다. 나는 지금 예고에 다니고 있지만 이렇게 상을 많이 타는 사람은 예고 학생 중에서도 손에 꼽을 정도다. 하지만 자신이 당한 따돌림을 우려먹는 글이 정말 좋은 글일까.

글 밑에는 많은 댓글들이 달려 있었다. 작성자의 글에 공감한다는 말. 그래도 그렇게 단정할 수는 없다는 말. 그리고 한 댓글, '김윤희 정말 왕따였나요?' 그 댓글에서부터 이야기가 이상한 방향으로 흘러갔다. '진짜라면 재미있겠네요.' '헐, 개뭐임.' '김윤희 학교가 어디랬죠? 청산?' 댓글은 거기서 멈춰 있었다. 그리고 얼마 뒤 열린 백일장의 수상자 명단에도 김윤희는 들어가 있었고, 그 명단을 옮겨 온 게시물에는 '아, 그 이상한 애.' '근데 그 사진 얘기는 뭐임? 아는 사람 없음?'이라는 댓글이 달려 있었다. 그것뿐이었다. 사진에 대해서는 더 알 수 없었다.

책상 앞에 앉아 왼손으로 턱을 괸 채 글들을 읽었다. 조금은 어지러웠다. 우진 형이 그 글을 쓰기 전까진 아무도 '실제의 김윤희'에 대해 이야기하지 않았다. '김윤희의 글'에 대해서만 이야기하고 있었다. 백일장에 나오는 김윤희 말고, 백일장 바깥의 김윤희에게는 아무런 관심이 없었던 거다. 하지만 우진 형은 '자신이 당한 따돌림을 우려먹는'이라는 말을 흘렸고, 그건 정말로 김윤희가 '따돌림'을 경험했다는 말처럼 들렸다. 우진 형은 그걸 어떻게 알았을까? '이우진'을 검색 키워드로 넣어 카페에 올라온 글들을 훑어 나갔다. 고속으로 떨어지는 놀이기구를 타고 있는 것처럼 스크롤바가 빠르게 이동하며 검색 결과를 처리했다. 그리고 나는 조금 더 어지러워졌다.

백일장 차하, 시 부문, 청산고등학교 1학년 이우진.

그 이후의 수상 기록은 모두 '소원예술고등학교 2학년 이우진'으로 되어 있었다. 1학년 때 '이우진'이라는 이름으로 된 수상 기록들은 청산고등학교의 이우진이 유일했다. 우진 형은 예고로 편입하기 전의 이야기를 거의 하지 않았다. 그래서 나는 지금껏 우진 형의 '이전'을 한 번도 생각해 본 적이 없었다. 백일장 바깥의 윤희 누나를 궁금해하는 사람이 없었던 것처럼, 나도 마찬가지였던 셈이다.
하지만 우진 형에게 아무것도 물어볼 수가 없다. '왜 김윤희를 싫어해?'라고 물으면 우진 형은 '그걸 왜 물어봐?'라고 다시 내게 되물을 테니까. 그럼 나는 어떻게든 나와 김윤희 사이에 어떤 일이 있었다는 걸 설명해야 할 테니까. 그렇게 되면 K대학교 백일장과 날짜변경선의 게시판과 그날 주차장에서 불던 바람이며 모든 것을 다 말해야 한다. 하지만 그날 내가 그곳에서 만난 사람은, 우진 형이 알기로는, 이한솔이라는 여자애였

다. 나는 거짓말과 사실을 적절히 섞어서 꾸며 내는 법을 모른
다. 그리고 어쩌면 우진 형도 지금은 그 글들을 다 잊었을지도
모른다. 나는 우진 형에게 입을 다물기로 했다.

04

도장

6월에는 모의고사와 기말고사가 한 달에 몰려 있다. 가장 먼저 3학년이, 그다음에 2학년과 1학년이 모의고사를 보고 가장 마지막에 기말고사를 본다. 평소보다 삼십 분 일찍 등교해서 삼십 분쯤 더 늦게 끝나는 모의고사 날에는 교실 안이 늪처럼 조용하고, 습해진다. '모의'라고 하지만 진학 상담의 기초가 되는 성적은 결국 내신과 '모의'기 때문에 모두들 긴장할 수밖에 없다. 교복 넥타이가 바짝 당겨진 것처럼 숨이 막힌다.

뒷자리 애들은 공부에 상대적으로 관심이 적은 편이라지만, 이날은 달랐다. 아침에 학교에 오면 책상에 엎드리기 바빴던 정의정조차 깨 있을 정도니까. 그냥 깨 있는 것도 아니고, 볼펜 끝이 너덜너덜해지도록 물어뜯어 가며 깨어 있었다. 미술 하는 애들은 공부 안 해도 된다던데, 쟤는 뭐 그리 목숨을 걸까. "넌 공부 안 하고 미술 하면 되잖아."라고 내가 말하자 정의정은 잔뜩 억눌린 소리로 쏘아붙였다.

"차라리 대학 가면 살 빠진다는 소리를 믿어라."

"학교 앞에서 나눠 주는 미술 학원 연습장에 있던 말들은 다 거짓말이냐? 고3이어도 된다, 성적은 전혀 중요하지 않다고 잘도 쓰여 있던데."

"어. 다 거짓말이야."

자신도 모르게 큰 소리로 대답한 정의정이 잽싸게 입을 틀어막았다. 아무도 우리에게 짜증을 내지 않는다는 것을, 우리에게 짜증을 부릴 여유도 없다는 것을 확인하고 나자 정의정은 다시 목소리를 낮춰 말을 이었다.

"실기만 잘해서 대학 갈 정도면 학원도 필요 없는 천재인 거고, 우리 학원은 성적표 가져가면 등급 보고 갈 대학 정해 줍니다. 아셨어요? 응?"

그 말끝에 정의정은 들리지 않을 정도로 작게 덧붙였다.

"나는 천재가 아니거든."

나는 입을 다물었다. 미대도 가기 쉬운 게 아니구나. 아니, 놀고먹으면서 갈 수 있다고 생각해 본 적은 없었다. 날마다 졸기 일쑤고, 자기 몸의 절반만 한 보조 가방을 들고 다녀야 하

는 정의정을 본 날이 벌써 세 달이었다. 그러면서도 내심 예체
능이니 조금은 쉽지 않을까 생각했는데, 쉬운 게 아니었다.

담임이 들어와 책상 위를 치우라며 주의사항을 알려 주고,
칠판에 시험 시간을 적었다. 나는 몸을 기울여 필통과 책을 책
상 아래로 내려놓았다.

집에 와서 해 본 가채점 결과는 지난번과 비슷했다. 잘 봤다
고는 할 수 없고 그냥 그렇다고 하기에도 애매한 점수였다. 수
학을 빼면 조금 나을 것 같기도 했다. 절로 한숨이 나왔다. 어
째 요즘은 이렇게 골치 아픈 일들만 일어날까. 아니, 골치 아
픈 일에 신경을 쓰느라 공부를 덜해서 또 골치 아픈 일이 생긴
거지. 윤희 누나와 우진 형 생각을 하느라 공부는 뒷전이었다
는 게 차라리 맞는 말일 것이다.

"현수야!"

반쯤 문이 열리는가 싶더니 엄마 목소리가 들렸다. 황급히
가채점표를 책상 서랍 안에 집어넣었다.

"네?"

"아버지 오셨어. 인사해라."

아. 나는 제멋대로 흐트러져 있던 옷매무새를 정돈했다. 오
늘은 저녁 강의를 안 가셨구나. 방문 밖으로 쭈뼛대며 나가자
소파에 앉아 있던 아버지가 손을 들어 보였다.

"다녀오셨어요."

나는 고개를 숙여 인사했다.

내 겉모습은 대부분 아버지에게서 온 것이다. 살이 붙지 않는 몸이나, 천장 높이도 모르고 자라는 키나, 깊은 인중까지. 그러나 평소에는 그런 것을 거의 실감하지 못하고 산다. 아마도 아버지와 얼굴을 마주할 기회가 적기 때문일 것이다. 아버지는 대형 수학 학원에서 가장 많은 강의를 뛰는 강사 중 한 사람이다. 내가 기억할 수 있는 아주 오래전부터, 집에 엄마만 있는 풍경이 낯설지 않았다. 그래서 이렇게 세 식구가 모두 모여 앉아 식사를 하는 날이 조금은…… 거북했다.

"요샌 좀 어떠냐?"

수저 움직이는 소리에 섞여 아버지의 목소리가 내 귓가를 때렸다. 나도 나이가 들면 저런 목소리를 갖게 될까. 낮은 목소리. 평소 엄마에게 하던 버릇대로 고개만 끄덕이려다 급히 침을 삼켰다.

"잘 지내요."

"성적을 보니 그쪽으로는 별로 잘 지내지 못하는 것 같던데."

중간고사 성적표 이야기였다. 2학년 첫 중간고사 성적은 모의고사 성적과 별다를 바가 없었다. 내신으로 쳐도 앞과 뒤의 중간쯤. 나는 말없이 밥숟가락만 입으로 넣었다.

"백일장 다닌다고 하던데, 할 수 있을 것 같으냐?"

아버지의 말에는 '네가 시인이나 소설가가 될 것 같으냐?'는 비난도 비꼼도 섞여 있지 않았다. '그렇게 해서 정말 괜찮겠니?'라는 걱정도 아니었다. 정말로 '할 수 있을 것 같으냐?'는 순수한 의문. '할 수 있다'와 '없다'만이 답으로 존재하는 질문. 비난이나 비꼼이라면 반발할 수 있을 텐데, 이런 식의 질문에 나는 익숙하지 않았다. 아버지의 질문을 받을 때마다 수학 문제가 적힌 칠판 앞에 선 기분이 들었다. 수학은 나를 비판하거나 걱정하지 않았다. 단지 등호 뒤에 적힐 정확한 답만을 요구했다.

아버지는 아버지 자신처럼 내가 이과로 가기를 바랐다. 수학과 과학. 간단하고 명확하고, 아버지의 표현을 빌리자면 단정한 수식의 세계로. 그러나 나는 어떤 이유에서였는지 이과를 포기하고 분과 선택지에 문과를 적어 넣었다. 그 선택지에 아버지 도장을 받던 날, 아버지는 저 낮은 목소리로 내게 물었다. 왜 문과를 선택했느냐고. 나는 수학 성적이 좋지 않아서 그렇다고 대답했다. 아버지가 다시 물었다. '수학이 싫으냐?' 1학년 때의 내 성적표에도 수학은 앞도 뒤도 아닌 어중간한 성적으로 찍혀 있었다. 나는 그 질문에 아무 대답도 하지 않았다. 수학이 싫은 건 아니었다. 그렇지만 좋지도 않았다. 내가 수학이 좋다고 하면 아버지는 내게 수학을 직접 가르치거나, 과외를 붙여 주었을 것이다. 수학이 싫다고 하면 '문과'가 적힌 분과 선택지에 말없이 도장을 찍어 주었을 것이다. 그러나 내가 아무 말도 하지 않았기에 그날 밤은 길어졌다. 나는 고개를 숙인 채 앉아 있었고, 아버지의 시선은 점점 키가 자라는 내 뒤통수에 고정되어 있었다. 한참을 그렇게 있다가 아버지가 다시 입을 열었다. '그렇게 좋고 싫고가 분명하지 못해서 뭘 하겠다는 거냐.' 좋은 것과 싫은 것이 분명할 수 있다면 나는 수학이 아무리 싫더라도 이과를 갔을 것이다. '좋다'와 '싫다'가 명확할 수 있다면 '옳다'와 '그르다'도 명확할 수 있을 테니까. 명확하고 단정한 수식의 세계에 어울리는 사람이 되었을 테니까. 그러나 그때의 나는 겁이 많았고 내 마음도 정하지 못하는 열일곱 살이었다. 아버지는 긴 한숨을 내쉬고 그대로 방으로 들어가 버렸다. 고개를 들자 테이블 위에는 내 분과 선택지와 아버지의 도장이 놓여 있었다. 결국 내 손으로 분과 선택지에 도장을 찍었지만, 내 마음은 어디에 있는지 알지 못했다.

그리고 지금, 열여덟 살이 되어 한 학기의 반이 지나도록 여전히 나는 헤매고 있다. 아버지와의 대화는 짧게 끝났고, 나는 다시 방으로 들어왔다. 갑자기 머리가 아팠다. 컴퓨터를 켜자, 날짜변경선에서 받아 놓은 바탕화면이 눈에 들어왔다. 열두 개의 작은 월별 달력에 백일장 일정이 표시되어 있고, 오른쪽 아래에 글씨가 박혀 있었다. '상처 없는 사람은 글을 쓰지 않는다.' 내게는 아무런 상처도 없었다. 아버지와 엄마가 있고,

학교에 다니고 있고, 공부를 잘한다는 것에서 오는 압박감이나 못한다는 것에서 오는 초조함도 없었다. 성적표를 보며 한숨을 쉬는 것도 성적표가 나온 그때뿐이었다. 상처라고 해서 팔다리에 난 흉터를 말하는 것은 아니겠지. '김윤희'를 검색하다 나온 글에는 이런 구절도 있었다.

백일장 대세가 그렇잖아요. 아픈 이야기, 슬픈 가족사에 상 주는 거. 비슷하잖아요. 왕따면 힘들었겠죠. 그런 메리트가 있고, 잘 쓰니까 상 탔겠죠.

그 사람은 '상처'를 '메리트'라고 부르고 있었다. K대학교 백일장에서 윤희 누나가 썼던 이야기도 따돌림을 당한 내용이었을까. 따돌림이라도 당해야 글을 잘 쓸 수 있게 되는 걸까. 침대에 엎드렸다. 나는 할 수 있을까. 정말 할 수 있을까. 그런데 나는, 뭘 하려고 하는 걸까. 내일 아침이면 이 질문들도 전부 잊어버리게 될까. 억지로 잠을 청했다. 아버지의 기침 소리가 들렸다.

05
대단한 우연

S대학교 백일장 본선은 기말시험 사흘 전이었다. 운이 나빴다. 이미 기말고사가 다 끝난 학교도 있을 테지만 우리 학교는 기말고사가 늦었다. 아버지와의 식사 이후 엄마는 나를 자주 바라보았고, 나와 눈이 마주치면 고개를 돌렸다. 아무 말도 하지 않았지만 어떤 이유인지 알 것만 같아서 더…… 미안했다. 도벽이 있는 것도 아니고, 학교에서 문제를 일으키는 것도 아닌 내가 엄마와 충돌할 일이 있다면 그건 바로 성적뿐이었다.

예선 통과 명단을 담임에게 보여 주고 공결 신청서를 받아 냈지만 엄마에게는 말하지 않았다. 기말고사 시기에 백일장 이야기를 꺼내면 아무리 엄마라도 화를 낼 것 같았다.

백일장이 있는 날 아침, 나는 평소처럼 교복을 입은 채 집을 나섰다. 그리고 마을버스를 타고 학교로 가는 대신 지하철을 타고 S대학교로 갔다. 가는 길에 윤희 누나에게 문자를 보냈다.

누나네 학교는 시험 끝났어?

이틀 전에 끝났다는 답장이 돌아왔다. 부럽다고 다시 문자를 보내려다가 손을 멈췄다. 기껏 기말고사 일찍 끝났다고 고3을 부러워하는 건 말이 안 되는 것 같았다. 아, 모르겠다. 정말이지 머리 아프다. 오늘은 잘해야 할 텐데.

계단을 올라가자 출구 앞에 윤희 누나가 서 있었다.

"교복 입고 왔네?"

"어. 누나도."

나를 아래위로 훑어보던 윤희 누나가 우스워 죽겠다는 듯 낄낄거렸다. 그럴 만도 하다. 키는 훌쩍 큰데 교복 품은 남아도니까. 길이가 길어지면 통도 넓어지는 게 옷의 인지상정이라 이건 내가 어쩔 수 있는 수준이 아니었다. 윤희 누나는 흰색 블라우스와 남색 스커트 교복 위에 흰색 카디건을 걸치고 있었다. 대단하다, 지금 6월 말인데. 저러다 더워서 쓰러지는 거 아닌가. 조심스럽게 물었다.

"안 더워?"

"그다지."

그래. 더우면 자기가 알아서 소매를 걷든 하겠지. 나와 누나는 백일장 집합 장소까지 이런저런 이야기를 하며 걸었다. 학교 이야기, 시험 이야기. 그러다 문득 나는 입을 다물었다. 우리 옆으로 소원예고 단체 버스가 지나갔다. 아마 우진 형도 저 차를 타고 오겠지. 우진 형이 쓴 글이 떠올랐다. 윤희 누나도 그 글을 읽었을까.

본선 참가자는 모두 일흔 명이었다. 그중 시가 서른다섯, 소설이 서른다섯. 백일장을 시작하기 전 로비에서 간단한 주의 사항을 듣고 장소를 배정받았다.

"시는 204호, 소설은 304호입니다. 각 학생들은 도우미를 따라 이동해 주세요. 글제는 각 교실에서 통보하겠습니다."

주의 사항을 낭독한 사람은 대학교 신입생인 듯한 여자였다. 키도 기껏해야 윤희 누나하고 비슷할까. 단상을 내려가는가 싶더니 우리를 데려갈 도우미 옆으로 가 무슨 말인가를 했지만 들리지는 않았다.

내 옆에 서 있던 윤희 누나가 속삭였다.

"저 사람들, 이 학교 학생이래. 많아야 우리랑 두세 살 차이 날걸."

"그래?"

"응. 문창과 1학년 아니면 2학년이래."

나는 눈으로 그들을 좇았다. 저들도 일이 년 전에는 우리와 비슷한 학생이었다는 말이 된다. 그렇지만 나보다 훨씬 키가 작아도, 어려 보여도 저들은 어른이었다. 백일장을 치르러 온 학생들은 아무리 떠들어도 어딘가는 조금씩 주눅 들어 있는 모습인데, 그들은 여유가 넘쳤다.

곧이어 두 조로 갈린 도우미들이 손나팔을 하고 자신을 따라갈 사람들을 모으기 시작했다. 시는 왼쪽, 소설은 오른쪽. 시쪽 어딘가에 우진 형도 서 있을 터였다. 나는 일부러 그쪽을 외면하고, 윤희 누나와 함께 304호로 올라갔다.

S대학교의 강의실은 넓지 않았다. 고등학교 교실과 비슷한 넓이 안에 개인용 책상이 빽빽하게 들어차 있었다. 그중 하나를 선택해 앉았고, 도우미에게 학교와 이름을 말해서 본선 참가를 확인받았다. 책상 위에 S대학교 마크가 찍힌 원고지 한 묶음씩이 놓여졌다. 글제가 칠판에 쓰이고, 강의실은 침묵 속으로 빠져들었다.

한참 동안 글제를 바라보았다. 또 이런 기분. 세 글자인 한 단어가 자음과 모음으로 나뉘고, 직선과 곡선으로 나뉘어 내 머릿속을 유영하는 기분. 백일장이라는 게 늘 그렇다. 시험 시간이 백 분이라면 삼십 분이 지날 때쯤 대충의 플롯이 나오고, 오십 분쯤 되면 원고지에 손을 댄다. 펜이 종이를 긁는 소리와 수정하는 중얼거림이 들린다. 글을 다 쓰고 난 사람이 먼저 강의실에서 나갈 수 있는 경우라면, 칠십 분이 지날 때쯤 의자 덜컹거리는 소리가 들리고 나가는 사람들이 생긴다. 팔십 분이 넘으면 검토하느라 원고지 넘겨 대는 소리로 시끄러워진다. 구십 분이 지나면 그나마도 그치고, 먼저 퇴실한 사람들의 목소리가 강의실 벽을 넘어 들어온다. 남은 사람들은 십 분, 오 분이 남았다는 소리에 초조해져 간다. 그리고 종료를 알리는 소리가 들리면 일제히 손을 멈춰야 한다. 원고지를 내고 나오는 순간 나는 '맨 인 블랙'에게 당한 듯, 아무것도 기억하지 못하게 된다.

주어진 백 분 동안 무엇이든 써야 했다. 하지만 뭘 써야 할지 몰랐다. 내 원고지는 학교, 학년, 반, 이름만 적힌 채 텅 비어 있었다. 나는 책상 위에 엎드려 버렸다. 강의실 대각선 방향에 앉은 윤희 누나의 뒷모습이 눈에 들어왔다. 쓰고 싶은 게 있는지, 오른손이 움직이고 있었다. 부럽다는 생각이 들었다. 나는 다시 한 번 칠판을 보았지만, 쓸 수 없었다. S대학교 백일장 글제는 '아버지'였다.

아버지에 대해 어떤 감정이라도 있다면 쉽게 쓸 수 있었을지도 모른다. 미워한다거나, 사랑한다거나, 안타깝게 여긴다거나. 하지만 내게 아버지는 그저 아버지였다. 아버지와 만든 특별한 추억도 없었고, 아버지에게 크게 혼난 적이나 감동한 적도 없었다. 아버지라는 단어를 들으면 떠오르는 건 책상 위의 도장이 전부였다. 그렇지만 그 도장을, 분과 선택지에 찍힌 빨간 낙인을 소설로 쓸 수는 없었다.

빈 원고지를 제출하기 부끄러워 제한 시간이 꽉 차도록 앉아 있었다. 종이 쳤고, 원고지를 걷어 가던 도우미 형은 내 얼굴을 쓱 보더니 말없이 원고지를 가져갔다. 이런 사람들, 대학에 들어온 사람들도 이렇게 글 앞에서 막막할 때가 있을까.

휴대폰을 켜니 우진 형의 문자가 와 있었다.

나 오늘은 학교 애들이랑 밥 먹는다. 쏘리.

윤희 누나는 먼저 밥을 먹으러 갔는지 보이지 않았다. 문자라도 보내 볼까, 하다가 휴대폰 폴더를 닫았다. K대학교처럼 사람이 아주 많은 곳이면 몰라도, 이렇게 어중간한 수의 사람들이 모인 곳에서 둘이 밥을 먹기는 어색했다.

매점에 가서 빵과 우유를 사, 계단에 앉아 점심을 먹었다. 시상식은 오후 두 시 반부터. 아직 한 시간 정도가 남았다. 초여름 볕이 뒷덜미에 닿아 셔츠 칼라가 축축했다. 주머니에 진동이 울려 휴대폰을 꺼내 보니 문자가 와 있었다. 눈을 찡그리고 문자를 확인했다. 윤희 누나였다.

여기 에어컨 나온다. 시상식 하는 데로 와. 다섯째 줄!

시상식이 열리는 강당으로 들어가자 싸늘한 공기가 몸을 쓸었다. 그러고 보니 누나, 밥은 혼자 먹은 건가. 뒤늦게 걱정을 하며 나는 앞줄로 걸어갔다. 강당 안이 서늘해 누나가 카디건을 입고 있어도 눈에 띄지는 않았다. 아니, 다른 의미로 이미 눈에 띄는 사람이라 그런 걸까. 강당은 넓고 사람들은 적어 띄엄띄엄 앉아 있기도 했지만, 누나의 양옆에는 아무도 앉아 있지 않았다. 나는 일부러 누나 옆에 한 자리를 비우고 앉았다.

사람들은 몇몇이 모여 이야기를 하거나, 책을 보거나, 음악을 듣거나, 나름대로 시간을 보내고 있었다. 우진 형은 밖에 나가 있는지 보이지 않았다. 나는 가방 안에서 엠피스리를 꺼내고 헤드폰을 썼다. 뭐라도 쓸까, 아니면 잠을 잘까. 생각하던 차에 휴대폰 진동이 울렸다.

괜찮아.

누나였다. 나는 옆을 돌아보았다. 누나는 얼굴을 정면으로 향하고 있다가, 내가 움직이자 고개를 돌렸다. 나는 입 모양만으로 '뭐가?'라고 되물었다. 누나는 아무 말도 하지 않고 손으로 우리 둘 사이에 놓인 빈자리를 가리켰다. 해석하자면 아마도 이런 뜻이었다. '괜찮아. 내 옆에 아무도 안 앉아도.' 그런 말을 듣고 나자 좀 머쓱해졌지만, 지금 와서 자리를 옮기는 것도 마땅찮았다.

아침에 S대학교 정문까지 함께 올라오던 때와는 다르게 누나가 멀게 느껴졌다. 정확히는 그 순간부터였다. 내가 아무것도 쓰지 못하고 있을 때, 원고지 위에 열심히 무언가를 쓰던 누나의 모습을 본 뒤부터였다. 시상식 시간이 다가오자 자리가 조금씩 채워졌다. 누나의 옆자리는 여전히 비어 있었다.

시상식은 더디게 진행되었다. 학교 소개 동영상과 문학 특기자로 작년에 입학했다는 재학생의 말이 이어졌다. 어딘지 낯이 익어 자세히 보니 강의실에서 내 원고지를 걷어 가던 사람이었다. 올해로 20회를 넘겼다는 S대학교 백일장의 역사까지 다 듣고 나서야 심사위원이 단상 위로 올라왔다. 우열을 가리기 힘들었다, 순수하고 아름다운 글들이 많아 문학의 미래가 밝다와 같은 인사치레가 끝나고 수상자 발표가 시작되었다.

"시상은 가작, 차하, 차상, 장원 순서로 진행됩니다. 각 부문별 가작은 세 명, 차하는 두 명, 차상은 한 명, 그리고 장원 한 명입니다."

각 부문별로 일곱 명. 총합 열네 명. 상을 탈 확률은 20프로. 떨어질 확률은 80프로. 나는 80프로에 나를 둘 수밖에 없었다. 아무것도 써내지 못했으니까. 생각해 보니 내가 이곳에 있을 이유가 없었다. 하지만 지금 자리에서 일어나면…….

"어떡해, 떨려." "나 이 학교에 원서 넣을 거란 말이야." 뒷자리 사람들의 소곤거림이 내 자리로 넘어왔다. 누군가는 떨릴 수도 있구나. 모든 걸 포기하고 나니 머릿속이 안개라도 낀 것처럼 흐릿했다. 윤희 누나는 무표정하게 앉아 있었다. 깜박 잊고 빈 의자 위에 놓아둔 휴대폰이 진동 때문에 바닥으로 떨어졌다. 나는 휴대폰을 주워 들었다. 우진 형의 문자였다.

새끼, 자신 있나 봐요. 앞줄이라니. ㅋㅋ

앉은키도 크고 머리도 눈에 띄는 반삭이다 보니 뒷모습만 보고도 나라는 걸 알아차렸나 보다. 뒤를 돌아봤지만 사람이 많아 어디에 우진 형이 앉아 있는지 알 수 없었다. 내 옆이 누구인지는 눈치채지 못하면 좋을 텐데. 그때, 단상에서 우진 형의 이름이 불렸다.

"시 부문 차하, 소원예술고등학교 3학년 이우진."

뒤쪽에서 작은 환호성이 들렸다. 내 시선은 천천히 우진 형의 모습을 따라, 내가 있는 줄의 맨 뒤에서부터 계단 아래로 내려와, 단상 위로 올라갔다. 우진 형은 내 옆을 스쳐 지나갈 때 나를 보고 씩 웃었다. 나는 마주 웃지도, 아는 체를 하지도 못하고 얼어붙은 듯 앉아 있었다. 우진 형은 내 옆에 누가 앉아 있는지 보지 못한 것 같았다. 단상에 올라가 다른 차하 수상자들과 함께 나란히 서 있는 우진 형의 뒷모습을 보고 있는데, 윤희 누나의 목소리가 귓가를 파고들었다.

"너, 쟤 알아?"

나는 누나 쪽으로 고개를 돌렸다. 윤희 누나는 정면을 보고 있었다. 내 쪽이 아니라, 단상 쪽. 그래서 윤희 누나에게는 내 얼굴이 보이지 않을 텐데도 나는 고개를 끄덕였다. 말이 나오지 않았다. 윤희 누나의 얼굴에는 아무런 표정이 없었다. 곧이어 누나의 입술이 움직였다.

"그럼 쟤가 내 글……."

'글'까지 발음했을 때 단상에서 차상 수상자를 호명했다.

"소설 부문 차상, 청산고등학교 3학년 김윤희."

윤희 누나는 조용히 자리에서 일어섰다. 다른 수상자들 때와는 달리 축하 박수도 환호성도 없이 고요했다. 시상이 끝나고 윤희 누나가 시 부문 수상자와 함께 허리 숙여 인사를 하자, 그제야 박수 소리가 들렸다. 윤희 누나는 상장과 꽃다발을 들고 내 옆자리로 돌아와 앉았다. 나와 누나 사이, 빈자리에 꽃다발과 상장이 놓였다. 뒤에서 소곤거리는 소리가 들렸지만 알아들을 수가 없었다. 윤희 누나의 작은 목소리가 내 귓속에 와 박혔다.

"베껴서 상 탔던 것도 알아?"

내가 윤희 누나 쪽으로 고개를 돌렸을 때, 누나의 얼굴은 여전히 무표정했지만 아까의 얼굴이 나무조각이었다면, 지금의 무표정은 돌조각처럼 차가워 보였다. 무슨 말이냐고 묻고 싶은데 내 입은 열리지 않았다.

장원을 누가 탔는지도 듣지 못한 채 시상식이 끝났다. 모두가 일어서는 틈에 묻혀 나 역시 자리에서 일어섰을 때, 윤희누나의 손이 내 가방을 잡았다.

"기다려."

사진을 찍어야 하니 수상자는 잠시 남아 달라는 방송이 장내에 울렸다. 꽃다발을 든 사람들이 앞쪽으로 걸어 나가는 것이 보였다. 우진 형 역시, 한 손에는 꽃다발을 또 한 손에는 상장을 든 채 내 쪽으로 걸어왔다. 환한 표정이었다.

"너 인마, 앞에 앉아 있어서 무지 잘 쓴 줄 알았더니……."

말을 마치기도 전에 우진 형의 표정이 굳어졌다. 고래 싸움에 새우 등 터진다는 게 이럴 때 하는 말이구나. 좌우에서 나오는 냉기 때문에 나는 금방이라도 얼어붙을 것 같았다. 그냥도망가 버릴걸. 정작 윤희 누나는 아무 말 없이 가방을 내게 떠맡기곤, 상장만 들고 단상 위로 올라갔다. 우진 형도 정신이 든 듯 오른발과 오른팔을 같이 앞으로 내보내며 단상 위로 갔다. 굳은 얼굴들 위로 플래시 불빛이 번뜩였다.

06

신경 쓰지 마

윤희 누나의 원고지를 들춰 봤던 K대학교 때의 내 표정이 저랬을까. 우진 형은 뺨이라도 맞은 듯한 표정을 하고 가방을 챙겼다. 나는 윤희 누나를 놔두고 뒤쪽으로 걸어갔다. 막 일어날 채비를 하던 우진 형의 어깨에 손을 얹었다.

"같이 가."

우진 형은 잠시 나를 올려다보더니 같이 앉아 있던 사람들에게 먼저 가라는 듯 손짓했다. 상장과 꽃다발을 든 윤희 누나가 천천히 올라와 내 옆에 섰다.

"오랜만이다, 이우진."

"……"

우진 형은 아무 말도 없이 고개를 돌렸다.

우리 셋은 나란히 지하철역을 향해 걸어갔다. 우리 옆으로 소원예고 버스가 지나가는 것이 보였다. 우진 형에게 괜한 미안함이 느껴졌다. 나는 머쓱하게 말을 꺼냈다.

"괜찮아?"

"괜찮을 거야. 저 새끼들도 내가 어디서 전학 왔는지 다 아니까."

우진 형은 땅바닥을 내려다본 채 대답했다.

나는 '단체 버스 타지 않아도 괜찮아?'라는 뜻으로 물었는데, 우진 형에게는 '윤희 누나랑 같이 가도 괜찮아?'라는 뜻으로 전달된 모양이었다. 가운데에 나, 좌우에 윤희 누나와 우진 형을 세우고 지하철역 계단을 내려갈 때 진동이 울렸다. 발신자를 확인하니 정의정이었다. 평소에는 문자 열 개 주고받으면 많이 쓰는 휴대폰인데, 웬일로 오늘은 전화까지 오네. 나는 폴더를 열었다. 학교 수업이 거의 끝날 시간이었다.

"웬일이야?"

"담임이 오늘 모의고사 성적표 나눠 준대서. 네 거 집으로 보낸다는데 그냥 내가 받아 둘까?"

오늘은 아주 일이 한꺼번에 터지는구나. 모의고사 성적표는 왜 하필 또 오늘 나오지. 나는 그렇게 해 달라고 부탁하고 전화를 끊었다. 학교도 안 갔는데 모의고사 성적표까지 집으로 가면 정말로 후환이 두려워질 일이 생길 것 같았다. 게다가 담임의 성격이라면 충분히 '오늘 현수가 학교에 오지 않아서 집으로 보낸다.'는 쪽지까지 같이 보내고도 남았다. 그런데 정의정이 내 성적표를 가져가면 성적이 어떻게 나왔는지도 다 본다는 거 아니야. 가뜩이나 잘 본 모의고사도 아닌데……. 아, 머리에 과부하가 걸릴 것 같다.

플랫폼으로 지하철이 막 들어오고 있었다. 우진 형과 윤희 누나는 서로 다른 곳을 보고 서 있었다. 나는 재빨리 머릿속으로 지하철 노선도를 떠올렸다. 우진 형은 4호선 끝, 윤희 누나는 3호선 고속버스터미널, 나는 그보다 아래쪽이 목적지였다. 우진 형은 4호선을 타고 쭉 내려가고 나와 윤희 누나는 4호선으로 몇 정거장 간 뒤 3호선으로 갈아타야 했다. 그 말은 이 어색한 상태가 환승하는 역까지 계속될지도 모른다는 뜻이다. 아, 개인적 고민 같은 건 할 여유도 없구나. 어쩌다가 이렇게 됐지. 나는 들리지 않게 한숨을 내쉬었다. 한숨이라도 들리게 했다간 양쪽 모두의 싸늘한 시선이 내게 쏟아질 것 같았다.

정말로 그 '청산고등학교 이우진'이 우진 형이었다. 형이 편입하기 전에 어느 학교를 다녔는지 왜 나는 모르고 있었을까. 나와 만나기 전의 우진 형을 생각해 본 일이 거의 없었기 때문에, 갑자기 저 먼 과거의 '이우진'이 불쑥 튀어나온 것 같은 생경함이 들었다. 그렇다면 우진 형과 윤희 누나는 일 년간은 학교를 같이 다닌 거구나. 지금까지 눈치채지 못하게 우진 형이 연기를 잘한 건지, 아니면 그저 내가 무심했을 뿐인지. 혼란스러웠다.

3호선으로 갈아타야 할 역이 가까워졌다. 우진 형은 그 이후로 한마디도 하지 않은 채 입을 다물고 있었다. 윤희 누나도 마찬가지였다. 정말이지 오늘은…… 뭐 이런 날이 다 있지.

나와 윤희 누나가 내려야 할 역에서 문이 열렸을 때, 우진 형이 입을 열었다.

"나중에 설명 좀 해 줘."

누구에게 한 말이었을까. 나? 아니면 누나? 윤희 누나는 아무 소리도 듣지 못한 것처럼 태연히 앞으로 걸어갔다. 우리 둘은 3호선 플랫폼으로 가서 지하철을 기다렸다.

지하철 안은 사람들로 북적였다. 이제 막 하교하는 참인지 각양각색의 교복을 입은 아이들이 역마다 들어찼다. 열리지 않는 문 쪽에 기대다시피 딱 붙어 가는 동안에도 윤희 누나는 팔짱을 낀 채 묵묵히 서 있었다. 나도 모르게 윤희 누나에게 사과를 했다.

"미안."

나는 아무것도 잘못한 게 없는데. 윤희 누나가 나를 올려다보았다.

"네가 왜?"

뭘 잘못해서 사과를 하는 거냐고 물으면 대답할 말이 없었다. 하지만, 어쩐지 미안하다고 해야 할 것 같았다. 그게 이 상황을 벗어날 수 있는 방법이 아니라는 걸 알면서도. 나는 고개만 숙였다.

"내가 고마워해야지. 정말로 네가 내 얘기를 이우진한테 하지 않았다는 거잖아."

아, 그게 그렇게 되는 건가. 나는 머쓱해졌다. 오히려 내가 미안해해야 하는 건 우진 형에게가 아닐까. 적어도 그 부분에서는 내가 우진 형에게 거짓말을 한 거니까. 이한솔에 대해, 그리고 김윤희에 대해. 나는 우진 형에게 거짓말을 했고, 윤희 누나는 내게 거짓말을 했다. 그럼 우진 형은? 우진 형이 내게 윤희 누나에 대해 이야기하지 않은 것도 거짓말이라고 할 수 있을까? 우진 형이 김윤희에 대해 비아냥거리는 농담을 내게 툭툭 던지긴 했지만, 우진 형이 윤희 누나와 어떤 관계가 있으리라고는 생각해 본 적이 없었다. 그저 내가 무관심한 탓이었을까. 세 사람 사이에서 거짓말과 말하지 않은 게 돌고 돌아서 오늘, 이렇게 복잡해진 걸까.

"이우진이 내 얘기, 너한테 한 번도 한 적 없어?"

나는 고개를 끄덕였다.

"너도 나한테 이우진 얘기 한 적 없지?"

나는 다시 고개를 끄덕였다.

"그런데 아까 이우진이 네 옆에 지나갔을 때, 왜 그렇게 놀랐어?"

윤희 누나의 목소리는 여전히 담담했다.

고속버스터미널이 있는 역에 지하철이 섰다. 나는 윤희 누나를 따라 내렸다. 오늘 집에 가는 길은 조금 더 먼 길이 될 것 같았다. 여러 가지 산이 남은 길. 버스 시간까지 삼십 분 정도가 남아 있었다.

우리 둘은 개찰구 앞 의자에 앉아 서로 다른 곳만 보고 있었다. 어디서부터 어떻게 이야기를 해야 할지 몰랐다. 나는 두서없이 이야기를 했다. 백일장 정보를 찾다가 작년 말에 '날짜변경선'이라는 곳에 가입한 것. 사람을 거의 가리지 않는 우진 형이 내 글에 댓글을 달아 주었고, 이런저런 이야기를 하다가 친해졌다는 것. '이한솔'과 밥을 먹은 그날, 누나가 해 준 말이 기억나서 다른 카페 글을 뒤지다가 우진 형이 쓴 글을 발견했다는 것까지. 누나는 내 이야기가 끝날 때까지 아무런 반론도 제기하지 않았다. 나는 이야기를 마치고 누나의 눈치를 살폈다.

"봤구나. 이우진이 쓴 거."

"우진 형이 썼다는 것도 알고 있었어?"

윤희 누나는 나를 흘끔 쳐다보고 고개를 내렸다. 카디건 소매를 꼭 쥔 손끝이 새하얗게 변해 있었다.

"그 닉네임으로 활동하는 거 몇 번 봤거든. 인터넷으로 사람 신상 알아보는 게 얼마나 간단한데."

"그래서 내가 내 이름 밝히면서 백일장 카페에 돌아다니지 않는 거야."라고 윤희 누나는 덧붙였다. 그 부분에 대해서라면 나도 할 말이 있었지만 일단은 지금 할 이야기가 아니라고 생각해서 닫아 두었다.

잠시 뒤 윤희 누나가 작은 목소리로 말했다.

"틀렸어."

"뭐가?"

"이우진이 쓴 그 글, 틀렸다고."

나는 조금 더 아리송해졌다.

"상처 없는 사람은 글을 쓰지 않는다는 건 개 말이 맞을지도 몰라. 걔도 남한테 보이기 싫은 상처 하나쯤은 있겠지. 하지만 내가 내 상처를 이용했다고? 아니야."

윤희 누나는 화가 난 건지 비아냥거리는 건지 모를 어투로 한 단어 한 단어 딱딱하게 씹어 발음했다.

"그럼 따돌림당한 적 없는 거야?"

아차. 뒤늦게 입을 다물었지만 말은 이미 뱉어진 뒤였다. 그런 건 이렇게 쉽게 물어볼 이야기가 아닐지도 모르는데. 하지만 틀린 부분이 있다고 했으니 따돌림은 당하지 않았다는…….

"따돌림당한 거 맞아."

"어?"

"왕따였어. 지금은 아니지만……. 그런데 악용이라니. 따돌림당한다는 게 그렇게 쉬워 보여?"

나는 아무 말도 할 수 없었다.

"내 글을 훔쳐 가지 않았다면 차라리 이해했을 거야. 하지만 그 글을 읽고도 그런 말이 나와? 이우진, 정말⋯⋯."

소매를 움켜쥔 손끝이 떨리고 있었다. 이상한 표정이었다. 굉장히 화가 나 있고, 동시에 굉장히 지쳐 있는 것처럼 보였다. 간신히 온몸으로 버티며 앉아 있는 듯 아슬아슬해 보이기도 했다. 그런 모습을 보면서 내가 아무 도움이 될 수 없다는 생각에 불현듯 마음 어딘가가 찔린 것처럼 따가웠다.

"이우진 말은 결국 내가 왕따였기 때문에 글을 잘 쓴다는 건데⋯⋯ 그 부분만은 맞을지도 몰라. 내가 할 수 있는 거라곤 쉬지 않고 책을 읽거나 뭔가 쓰는 것밖에 없었어. 그렇게라도 버텨야 했거든. 그렇지만 이우진이 틀렸어."

손가락이 천천히 펴졌다. 윤희 누나는 여태껏 바닥만 내려다보던 눈을 들어 나와 마주쳤다. 단호한 눈빛이었다.

"악용 같은 거, 한 적 없어."

나는 고개를 끄덕였다. 그렇게 해야 할 것 같았다. 윤희 누나는 그날, 아침 이후로 처음 웃었다. 아주 약하고 가느다란 웃음이었지만 그 웃음에 나는 마음을 놓았다. 윤희 누나가 한결 밝아진 목소리로 말을 이었다.

"지금은 왕따 아냐. 걔는 예고로 가 버려서 모르겠지만, 나도 이제 미니홈피 일촌도 많고 시험 끝나면 애들하고 시내로 놀러 나가. 그런데도 여전히 상은 잘 타고 있고."

이야기를 하는 사이 버스 시간이 십 분도 남지 않았다. 논산행 버스가 곧 출발한다는 안내 방송이 들렸다. 윤희 누나가 가방과 상장을 챙겼다. 따라 일어서는 내 어깨를 누나가 눌러 주저앉혔다.

"그러니까 그 글은 신경 쓰지 마."

사람이 웃는 게 저렇게 힘들어 보일 수도 있을까 싶을 만큼 억지스러운 웃음을 지어 보이고 누나가 돌아섰다. 나는 윤희 누나가 눌렀던 내 어깨를 만져 보았다. 차가운 손이었다. 결국 우진 형이 무슨 글을 어떻게 베꼈는지는 물어볼 수 없었다. 그리고 누나가 말한 '내 이름 밝히면서 백일장 카페에 돌아다니지 않는 거야.'라는 부분에 대해서도 물어볼 수 없었다. 누나가 말해 준 건 '상처를 악용하는 사람'이라는 평가에 대한 자신의 마음뿐이었다. 아무런 막힘없이, 오래전부터 누군가에게 말하고 싶었던 것처럼 흘러나오는 말들이었다. 나는 주먹을 세게 쥐어 손끝이 하얗게 변하도록 손바닥에 손톱을 눌러 보았다. 손톱 끝이 살을 파고들 만큼 힘을 주어야 했다. 조금, 아팠다.

차일피일 미루다가 시험이 끝난 다음 날, 정의정에게서 내 모의고사 성적표를 돌려받았다. 예상했던 것과 크게 다르지 않았다. 언어가 2등급, 수리가 4등급, 외국어가 4등급. 사탐도 4등급. 정의정이 내 성적표를 내밀며 한숨을 쉬었다.

"너, 이 정도일 줄은 몰랐다."

어쭈. 만날 수업 시간에 조는 처지에 그런 말을 할 수 있나. 내가 눈썹을 추켜올리자 정의정은 겁먹은 듯 뒤로 한 걸음 물러섰다. 겁 주려는 건 아닌데. 나는 내 모의고사 성적표를 책상 안에 집어넣으며 물었다.

"그러는 넌 몇 등급인데?"

정의정은 대답 대신 가방에서 자기 성적표를 꺼내 내게 건넸다. 그래 봤자 나하고 비슷하겠지, 하는 여유로운 마음으로 성적표를 훑다가 얼굴을 찡그리고 말았다. 언어하고 수리는 비슷한데, 외국어가 2등급에 사탐도 2등급? 나는 거짓말하지 말라는 심정으로 이름을 확인했지만, '정의정'이라는 이름 세 글자가 또렷하게 상단에 박혀 있었다.

"담임이 오늘 진학 상담 때 성적표 가져오랬단 말이야. 다 봤으면 이리 줘."

정의정이 내 손에서 자신의 성적표를 채 갔다. 어, 솔직히 충격이었다. 매일 꾸벅꾸벅 조는 데다가 어딘가 나사가 빠져 보여서 당연히 나보다 공부를 못할 줄 알았는데. 왜 제2구역에 앉아 있는 거람.

"담임이 예체능은 무조건 뒤로 밀었잖아. 가끔 수업도 빠지고. 미대 갈 거니까 이 정도는 해야 돼."

딱 부러지게 말하는 정의정이 낯설었다. 지난번에는 윤희누나, 오늘은 정의정인가. 전 세계의 여자들이 내게서 낯설어지는 시기가 있나 보다. 담임이 들어와 무슨 말인가를 하는데 하나도 들리지 않았다. 나는 담임 눈치를 살피며 정의정에게 속삭였다.

"미대도 인서울 하려면 공부해야 되냐?"

얘가 뭐래, 하는 눈으로 정의정이 나를 쳐다보았다. 그러고는 "모의고사 보던 날 말했잖아."라고 쏘아붙인 뒤 고개를 돌렸다. 아, 그랬나. 담임은 자기 과목 시간인 5교시를 비워 진학 상담을 하겠다는 말을 남기고 교실을 나갔다.

기말고사가 끝나고 방학까지 보름 정도. 작년에는 이 기간을 아무 생각 없이 보낸 것 같은데, 2학년이 되자 공부하는 아이들이 여기저기 많이 보였다. 심지어 정의정도 문제집을 꺼내 풀기 시작했다. 교과서 몇 권밖에 가져온 게 없는 나는 빈손으로 책상에 앉아 있었다. 가방 안에는 읽을 소설책이 한 권도 없었다. 나, 여기서 뭘 하는 거지. 나는 내게 질문했다. 얼마 전에도 했던 질문이다. 책상에 엎드려 정의정 쪽을 보았다. 저 애까지 열심인데, 나는 뭘 하는 거야.

점심시간까지 대부분의 수업은 자습으로 진행되었다. 떠들지 말고 엎드려 잠이나 자라는 말에 일단 엎드리긴 했지만 잠이 오지 않았다. 진학 상담이라, 까맣게 잊고 있었다. 그나마 오늘 성적표를 돌려받은 게 다행이다. 진학 상담이라면 어느 학교에 갈지, 어느 학과에 갈지 그런 걸 정하는 걸까. 책상에 얼굴을 묻었다. 좁은 내 팔 안은 캄캄했다. 낙서를 가리느라 페인트로 덧칠한 책상은 미지근했고 땀으로 젖어 미끈거렸다.

점심을 먹고 나자 반장이 칠판에 상담 순서를 적었다. 1번부터 5번까지는 지금, 6번부터 15번까지는 5교시, 16번부터 끝까지는 방과 후.

무엇을 하는지도 모른 채 수업이 모두 끝나고 16번 이후 애들과 함께 상담 순서를 기다렸다. 늘 종이 치면 학원 차를 타러 뛰어가는 정의정도 남아 있었다. 애들이 반쯤 빠져나간 교실은 물 빠진 갯벌처럼 조용했다. 다들 자신의 미래가 이미 정해진 사람처럼 조용히 앉아 있었다. 나는 정의정을 쿡 찔렀다.

"왜?"

문제집을 보고 있던 정의정이 고개를 돌렸다. 나는 괜히 목소리를 낮춰 물었다.

"넌 어디 갈지 정했어?"

정의정은 펴 놓은 책을 덮고 나를 보았다. 몇 번 눈을 깜박이던 정의정의 입이 열렸다.

"일단은 지하철로 갈 수 있는 미대. 지금 하는 입시 미술로 가능한 대학 갈 거야."

수도권 미대가 어디 있는지 머리를 굴려 봤지만 감이 오지 않았다. 하긴, 당장 서울에 문예창작학과가 어디에 있는지도 잘 모르는 내가 미대까지 무슨 수로 아나. 구체적인 것 같지만 애매한 대답이었다. 수도권 미대를 가서, 그다음은? 대학에 가면? 같은 질문을 정의정이 내게 한다면 나는 대답할 수 없을 것 같았다. 그걸 알기 때문에 입을 다물고 내 차례만 기다렸다.

반장이 들어와 "16번부터 차례로 상담실로 오래."라는 말을 전하고 사라졌다. 16번이 일어나 상담실로 가고, 16번이 들어오면 17번이 나갔다. 성적이 좋은 애들은 오 분쯤 걸렸고, 나가자마자 돌아오는 애들도 있었다. 내가 30번이니까 29번인 정의정 다음. 정의정이 돌아오면 내가 나가면 된다. 한 시간쯤 흐르고 나자 28번이 들어왔다.

"정의정, 너 오래."

정의정이 성적표를 들고 교실 뒷문을 나섰다. 엠피스리라도 들을까 생각하던 차에 정의정이 돌아왔다.

"뭐 놓고 갔냐?"

"아니. 상담 끝났어. 정현수 너 오래."

'너 지금 막 나갔잖아.'라는 말을 하기도 전에 정의정은 가방을 챙기고 있었다. 얼굴이 굳어 있었다. 입술을 깨물고 있는 것 같기도 했다. 작은 소리로 "너, 우냐?"고 물었더니 정의정이 내 얼굴을 똑바로 쳐다보았다. 우는 건 아니었다.

"미대 입시는 자기가 도와줄 수 있는 게 아니니까 그만 가 보래. 너 빨리 가."

정의정의 말에 떠밀리듯 교실을 나갔다. 정의정이 보조 가방을 들고 일어서는 게 보였다. 나는 혼자 복도를 걸어갔다.

"앉아라."

상담실 창문을 열어 놓고 담배를 피우던 담임이 나를 맞았다. 너구리는 너구리구나. 금연은 결국 한 학기를 넘기지 못했다. 좁은 상담실 안에는 담배 냄새가 옅게 배어 있었다. 나는 건너편 의자에 앉아 책상 하나를 사이에 두고 담임과 마주 보았다. 들고 간 성적표를 내밀자 담임은 이맛살을 찌푸렸다. 나는 죄인이라도 된 것처럼 고개를 숙였다.

"성적이 1학년 때하고 비슷하네?"

나는 대답하지 않았다. '예'나 '아니오' 중 어느 것도 도움이 되지 않는 질문이었다. 담임은 작년도 수능 점수표가 붙어 있는 상담실 한쪽 벽을 보다가 고개를 돌렸다.

"그래, 어딜 가고 싶냐?"

하마터면 '집'이라고 대답할 뻔했다. 2학년 교실 중 문과반은 4층. 이 건물의 가장 높은 곳에 있다. 상담실도 같은 층의 복도 끝. 내가 지금 앉아 있는 곳은 이 건물에서 가장 높고 구석진 자리였다. 허공과 구석으로 동시에 몰린 기분이 들어 몸을 움츠렸다.

담임의 말투에서 아버지가 떠올랐다. '수학이 싫으냐?' 내가 대답할 수 없는 질문이라는 점에선 동일했다. 담임은 내 대답이 없자 모의고사 성적표를 검지로 두드리며 혼자 말을 이었다.

"백일장을 나간다고 했으니, 문예 특기자 전형을 노리는 거냐? 그럼 문창과나 국문과일 텐데 이 성적으로는 어디가 될지 모르겠다. 솔직히 인서울은 힘들지 싶은데. 문창과는 실기가 있으니 또 다른가?"

오후 다섯 시가 되어도 여름 햇볕은 엷어지지 않았다. 상담실 안에는 선풍기 한 대가 돌아가고 있었다. 선풍기 머리가 회전할 때마다 내 셔츠 자락과 담임의 머리카락이 날렸다. 담임은 성적표를 내게 돌려주며 말했다.

"문창과…… 나도 잘 모르겠다. 네가 한번 알아와 봐라. 그때 다시 얘기하자."

나는 자리에서 일어섰다. 상담은 끝난 셈이다. 상담실 문을 열고 나가려 할 때 담임이 나를 불러 세웠다.

"서운하게 생각하지 마라. 우리 학교는 일반 입시 위주니까."

담임의 말이 끝나기 전에 문턱을 넘었다. 담임이 잘못한 건 아니었다. 내가 어디를 가고 싶은지는 나도 모르니까. 백일장에 나가기 시작하면서 막연히 문창과에 가고 싶다고는 생각했지만 문창과에서 뭘 배우는지도 정확히 몰랐다. 어차피 2학년 진학 상담, 대충 하면 된다는 마음도 있었다. 하지만 배치표와 벽에 둘러싸여 상담실에 앉아 있는 짧은 시간 동안 바보가 된 기분이었다. 그저 한순간이라도 빨리, 상담실을 나가고 싶다는 마음뿐이었다.

교실로 들어가 가방을 들고 나왔다. 계단 쪽으로 걸어가는 내 뒤로 31번의 발소리가 들렸다.

교문 앞 횡단보도에서 정의정과 마주쳤다.

"너도 순식간에 끝났네?"

정의정이 씩 웃었다. 학원 차는 이미 떠났을 것이다. 나와 정의정은 하교 시간이 훌쩍 지난 횡단보도 앞에서 신호가 바뀌기를 기다렸다. 정의정이 손을 들어 뺨을 긁었다. 뺨에 닿는 손끝이 얼룩덜룩했다. 아예 까만 것도 아닌, 여러 가지 색이 혼합된 얼룩. 내 시선이 신경 쓰였는지 정의정이 손을 내려 들여다보았다. 그러나 그것도 잠깐, 정의정은 아무렇지도 않다는 듯 손을 주머니 속에 집어넣었다.

"손은 왜 그래?"

정확히는 '네 손은 왜 매일 그래?'였다. 정의정은 내 말이 이해가 가지 않는다는 듯, 고개를 갸웃거렸다. 내가 다시 묻자 주머니 속에 넣었던 손을 꺼내 내밀었다.

"이거?"

나는 고개를 끄덕였다. 학교 밖에서 정의정과 말을 하기는 처음이었다. 횡단보도를 지나는 차 소리가 침묵을 토막으로 잘라 싣고 사라졌다.

"파스텔 때문에 그래. 학원에서 파스텔 쓸 때 손끝으로 잡기도 하고 문지르기도 하거든. 학원 사물함이 고장 나서 매일 들고 다니다 보니 이 모양이네."

정의정이 다시 손을 거둬들였다.

"미술 학원, 매일 가려면 귀찮지 않아?"

내 물음에 정의정은 다시 웃었다.

"지금은 좀 한가해. 내년이 죽음이지. 고3 언니들은 학원에서 살거든. 밥 먹고 그리고, 밥 먹고 그리고. 새벽까지 그렇게 지낸다더라."

횡단보도 신호가 바뀌었지만 나와 정의정은 움직이지 않았다. 우리 둘 옆과 사이로 신호를 기다리던 사람들이 물결처럼 빠져나갔다. 나는 다시 정의정에게 물었다.

"그렇게 고생하면서까지 그림은 왜 그려?"

정의정은 손을 깍지 낀 채 팔을 쭉 폈다. 뭘 그런 걸 물어보냐는 듯, 내 쪽을 바라보더니 정의정이 대답했다.

"좋아서."

어색함을 감추려는 듯 깔깔거리면서 정의정이 내 어깨를 툭

쳤다. 나는 어깨를 움직여 정의정의 손을 털어 냈다. 그런 것쯤 아랑곳하지 않는다는 듯 정의정은 다시 주머니에 손을 꽂아 넣었다. 바람 같은 정의정의 목소리가 내 귀를 쓸었다.

"네 옆이라 좋더라. 좋아하는 걸 하는 사람이 근처에 있으면 마음이 놓여."

나는 아무 대꾸도 하지 못했다. '좋아하는 것'이라는 말을 들은 순간 윤희 누나의 새하얗게 변한 손끝이 떠올랐다. 글을 쓰는 게 정말 '좋아서' 하는 일일까. 그렇다면 나는? 다시 신호가 바뀌었고 정의정은 횡단보도로 발을 내디뎠다. 나는 옆 정류장에서 마을버스를 타면 된다. 손을 흔들지도 못한 채 어정쩡하게 서서, 횡단보도를 건너는 정의정을 보고 있었다. 주머니에 손을 넣자, 아까 구겨 넣은 모의고사 성적표가 만져졌다. 다들 열심히 하고 있구나. 나만 빼고. 주머니에 손을 꽂은 채 집까지 걸어갔다.

07

TELL ME

설명을 해 달라고 한 쪽은 우진 형이었지만, 내 연락을 받지 않은 쪽도 우진 형이었다. 방학식 날이 되도록 우진 형은 메신저에 접속하지 않았고 카페에도 글을 남기지 않았다. 문자를 몇 번 보냈지만 답장은 오지 않았다.

방학이 시작되고 나는 보충수업에 나갔다. 한 시간은 국어, 한 시간은 영어. 아침 아홉 시부터 열한 시까지 학교에 머물렀다. 보충수업이 필수는 아니었지만 나는 내 손으로 보충수업 신청서에 도장을 찍었다. 다들 열심히 하고 있는 시간에 학교라도 가자는 생각에서였다. 학교에 간다고 공부가 잘되는 것은 아니었지만, 적어도 '생각'을 멈출 수는 있었다. 풀리지 않는 문제집을 풀고 해석되지 않는 지문을 읽으면서 나는 방학을 보내고 있었다.

우진 형에게 연락이 온 건 7월 말이었다. 보충이 다 끝나고 집에 가려는데 문자가 왔다.

오늘 접속할 수 있어?

집에 돌아가 메신저를 켰다. 우진 형은 그동안의 침묵이 아무것도 아니었던 것처럼 내게 말을 걸었다.

〔본선 명단에 너 없더라.〕

자기도 없는 주제에. 나는 간단하게 메시지를 보냈다.

〔형도 없더라.〕

2박 3일간 캠프에서 본선을 치르는 청소년문학상의 예심 통과 명단에 낯익은 이름은 윤희 누나, 한 명뿐이었다.

〔설명 좀 해 줘.〕

몇 마디 대화가 더 오간 뒤 우진 형의 메시지가 떴다. 나는 숨을 크게 들이쉬었다. 시간으로 재면 마로니에 백일장이 있었던 4월부터 고작 세 달 정도의 시간이었을 뿐인데, 지구의 역사라도 정리해야 하는 것처럼 그 시간들이 길게 느껴졌다. 처음부터 솔직히 말했다면 이런 일은 없었을까? 아니, 그랬다면 나는 윤희 누나를 다시 보지 못했을 것이다. 거짓말이 쌓이고 오해가 쌓이고 숨겨져 있던 일들이 드러났지만, 그래도 그 덕분에 여기까지 올 수 있었다는 느낌이 들었다. 나는 손가락을 꺾어 관절을 풀고, 천천히 지난 이야기들을 정리하기 시작했다.

마로니에 백일장 이후 올렸던 글. 같이 밥을 먹자는 글에 댓글을 달았던 이한솔. K대학교 백일장 때 주차장에서 불어왔던 미지근한 바람. 바람에 팔락이던 원고지. 원고지에 쓰여 있던 이름. 당혹감. 윤희 누나의 변명과 설명. 집에 돌아와 찾아본 글들. 우진 형이 쓴 글. 우진 형의 학교.

〔그때 형 만나러 갔을 때 물어보고 싶었는데, 말이 나오질 않았어.〕

그리고 윤희 누나에게도 묻지 못한 채 다시 S대학교 백일장. 시상식. 길게 이어지는 이야기를 다 쏟아 내고 나자 장편 소설이라도 쓴 것처럼 손에 힘이 빠졌다. 메신저 창에는 내가 늘어놓은 세 달간의 이야기가 떠 있었다. A4용지 한 장도 채 안 될 것 같은 짧은 분량. 다 털어놓으면 이렇게도 짧은데, 이 이야기들이 꼬이고 얽혀 지금처럼 복잡해졌구나.

〔그리고 윤희 누나가 그랬어. 형이 자기 글을 베껴서 상을 탔다고.〕

나는 그 말까지 쳐 넣고 잠시 자리를 떴다. 목이 말랐다. 입을 열지 않았는데도 아주 긴 시간 이야기를 한 것 같은 기분이 들었다. 냉장고에서 물을 꺼내 마시고 돌아와 보니 우진 형의 메시지가 떠 있었다.

〔사실이야.〕

'말하지 않은 게 있어.'로 운을 떼며 우진 형이 다시 메시지를 띄웠다.

〔너한테 한 말도 사실이야. 정말로 존나게 외로워서 편입을 했어. 그렇지만 김윤희가 한 말도 사실이야. 꽤 멀리 올라가야겠다. 너하고 알게 되기 훨씬 전 일이거든. 나하고 김윤희가 아직 고등학교 1학년이었을 때 얘기야.

중학교 때부터 시를 쓰고 싶었다. 고등학교에 올라가면 백일장에 나가겠다고 마음먹고 청산고등학교로 갔어. 내가 살던 곳은 고등학교도 없는 소읍이었거든. 집에서 청산고까지는 버스로 사십 분은 가야 될 만큼 멀었어.

그런데 더 가까이 있는 고등학교들은 다 기숙사거나 대학 가라고 죽어라 돌리는 데더라. 그건 싫었거든. 중학교 내내 내가 '고등학생 대상'이라는 백일장 공고 보면서 얼마나 부러웠는데.

중학교 때는 몰래 시를 썼어. 시집을 보고, 시를 쓴다는 걸 말할 데가 없었어. 남자가 시를 쓴다는 게 말도 안 되는 것처럼 부끄러워서 혼자 숨어서 썼어. 부모님도 몰랐을 거야. 고등학교 때 처음으로 상 타기 전까진 방에 있는 시집도 전부 책상 서랍 안에 숨겨 놨으니까.

청산고는 남자반하고 여자반이 따로 있어서 나는 처음에 김윤희가 누군지도 몰랐어. 같은 반 새끼들이 하는 여자 얘기래봤자 몇 반의 누가 잘 논다, 예쁘다였지. 사실 김윤희를 처음 알게 된 것도……]

그 부분에서 우진 형은 말을 끊었다. 나는 기다렸다.

[그 애가 글을 쓴다는 것 때문은 아니었어. 왕따 때문에 알게 됐지. 그때는 그 애도 글을 안 썼거나, 백일장에 나가도 상을 못 탔나 보더라. 상을 탔다면 조회 시간에 다시 수상을 했을 텐데, 1학년 1학기 때는 그런 적이 없었거든. 같은 반 새끼들하고 창틀에 앉아서 놀고 있는데 누가 그러더라. 쟤가 여자반 왕따라고.

우리 교실이 3층이었거든. 거기서 본다고 얼굴이 잘 보이겠냐. 그런데도 새끼들은 여기 좀 보라고 난리를 치더라. 나도 그랬지. 그런 게 재밌을 때잖아. 자기가 뭘 하는지도 모르고, 병신처럼. 걔는 위를 쳐다보더니 다시 가던 길을 갔어. 새끼들은 어디서 물어 온 건지 한 번도 안 하던 얘기를 신 나서 해 댔고. 밤에 어디서 봤다느니, 누구하고 무슨 사이라느니. '왜' 왕따인지는 말을 안 하더라. 몰랐겠지. 나도 모르니까. 그리고 그게 중요한 게 아니라, 그냥 걔가 얘깃거리가 된다는 게 중요했을 테니까.

2학기 때부턴 걔가 단상 위에 자주 올라갔어. 백일장 수상 때문에. 1학기 때 왕따를 당했다는 게 헛소문이라는 생각이 들 만큼, 걔가 상을 타면 여자애들이 박수를 쳤고 휘파람을 불었어. 정작 나는 상도 별로 못 타서 찌그러져 있었고. 점점 화살이 나한테 돌아오더라. 병신 새끼, 그렇게 자주 나가면서 쟤보다 못하냐고.

담임도 잔소리가 장난 아니더라. 더 잘하는 사람이 나타났잖아. 사내자식이 여자한테 지면 되겠냐고 하더라고. 상 타는 데에 남녀가 무슨 소용인데. '엿이나 드세요.'라고 말을 할 수가 없으니 나는 또 입 다물고 처박혀 있고. 힘들더라. 노력도 했지. 죽어라고 작법 책 읽고 시집 읽고 혼자 시 쓰고. 그런데 걔가 상 타는 걸 보니까 점점 맥이 풀리더라고. 그러다가 그렇게 된 거야.

공결 확인서를 받으러 교무실에 갔어. 담임은 잘하라면서 도장을 찍어 줬지. 압박감도 얹어 주고. 교무실을 나가려다가 한쪽 책상에 쌓여 있던 원고지 더미를 봤어. 일부러 그쪽 문으로 나가는 척하면서 보니까 1학년 6반, 여자반 담임 책상이더라고. 맨 위에 김윤희 글이 있었어.

그전에 있던 교내 백일장 원고였나 봐. '수상'이라고 표시된 원고가 따로 모여 있는 걸로 봐선 그 애 글은 '탈락'이었던 것 같았어.

교무실은 시끄럽고, 책상 주인은 어디로 갔는지 안 보이고.

나는 그 원고를 집어서 옷 안에 감췄어. 어차피 수상작을 다 정해 놨다면 탈락작 하나는 없어져도 될 것 같았거든. 갖고 싶었어. 왜 그랬는지는 나도 몰라. 그냥 정말, 걔 글이 갖고 싶었어. 교실까지 올라가는 내내 손도 다리도 덜덜 떨렸어. 가방 안에 원고를 쑤셔 넣고, 야자 시간 내내 초조해하다가 집에 가서야 그걸 봤어. 못 썼더라. 진짜, 존나 못 썼어.

따돌림에 관한 얘기였어. 백일장 글제가 '나무'였던 것 같아. 따돌림을 당하는 애가 자기를 나무로 생각하다가 정말로 나무로 변해 버리는 얘기였어. 딱 봐도 힘이 잔뜩 들어간 문장에, 묘사도 작위적이었지. 이런 애가 어떻게 상을 타고 다니나 싶을 만큼 못 썼어. 그건 진짜, 소설도 아니었어. 그런데도 계속 읽게 되는 건, 그 괴상한 얘기를 더 듣고 싶어서 그랬던 것 같아. 가방이 밟히고, 노트가 없어지고, 사람들이 점점 자기를 사람이 아니라 사물로 보는 괴상한 얘기가. 그걸 보다가 잠이 들었고, 악몽을 꿨어. 내 몸이 나무로 굳어 버리는…….〕

그래서, 베꼈다는 말은 언제쯤 나오는 걸까.

〔그리고 공결 확인서를 받아 낸 그 백일장에 나갔지. 씨발, 웃겨서. 지금 생각해도 웃겨. 글제가 뭐였는지 알아?〕

〔뭐였는데?〕

〔나무.〕

〔흔하잖아. 나 나간 데도 글제가 그거였던 적 있는데.〕

〔타이밍이 너무 웃기잖아. 시를 쓴다고 원고지를 받았어. 이 번에야말로 존나 잘 써 보겠다고 마음먹고 펜을 잡았는데, 떠 오르는 거라곤 전날 밤 읽었던 글밖에 없는 거 있지. 짜증 나 게. 짜증 날 정도로 생각이 안 났어. 다리가 뿌리가 되고, 팔이 나뭇가지가 되고, 머리카락이 나뭇잎이 되는 그 괴상한 얘기 만 떠오르잖아.

그래서 그걸 시로 썼어.

많이 바꿨어. 걔는 소설을 썼고 나는 시를 썼잖아. 분량도 다르고 방식도 달랐지. 그렇게 바꾸고 바꿨는데도 기본 골격 을 완전히 엎을 수가 없더라. 그리고 한 문장은 도저히 바꿀 수가 없어서 그대로 가져다 썼어.

며칠 있다가 인터넷으로 발표가 났어. 우수상이었고, 수상 작까지 같이 올라와 있었어.

상장이 학교로 전달돼서 조회 시간에 단상으로 올라갔어. 올라갔다기보단 불려 갔지. 상장을 들고 전교생 쪽으로 돌아서 서 고개를 숙이는데, 그러기 싫어도 눈이 여자반 쪽으로 가더 라. 지금 생각해도 신기해. 어떻게 그렇게 그 애가 한눈에 들어 왔는지.

가만히 서 있더라. 운동장이 넓어서 표정이 안 보이는 게 당 연한데도, 걔가 나를 쏘아보는 것 같았어. 눈을 피하려고 허리 를 숙였어. 정말 조회대에 뿌리라도 내리고 싶었지.

차라리 걔가 대놓고 욕을 했으면 나았을 것 같아. 걔, 나한테 아무 말도 안 했어. 인터넷에라도 글을 올릴까 봐 매일매일 내 이름을 몇 번이나 검색해 봤는데 아무 글도 안 올라왔어. 담임은 다시 나를 예뻐했고. 그 야자 시간 사건이 터지기 전이었으니까.

못 견디겠더라. 야자 시간에 그런 망신을 안 당했어도 편입했을 거야. 그 학교에 도저히 못 다녔을 거야.〕

한두 문장씩 보내지던 메시지가 긴 스크롤바를 남기고 끝이 났다. 나는 우진 형의 글을 천천히 읽어 내려갔다. 끝까지 다 읽었지만 여전히 의문이 남았다.

〔그러면 그 글은 왜 썼는데? 그건 전학 간 이후니까 한참 뒤잖아.〕

학교에 다닐 수 없어서 편입을 했다면 마음의 짐은 모두 덜어지지 않았을까. 그랬다면 왜 하필 또 윤희 누나를 걸고넘어져야 했을까. 화면에는 잠시 아무 글도 올라오지 않았다. 나는 손끝으로 관자놀이를 문질렀다.

〔그 글을 쓰기 며칠 전에 김윤희가 또 상을 탔고, 수상작이 인터넷에 올라왔어. 내가 베낀 그 글을…… 다시 썼어.〕

〔나무?〕

〔응.〕

허탈한 침묵이, 혹은 한숨 소리가 모니터 저편에서 들리는 것 같았다.

〔잘 썼더라. 내가 심사위원이어도 이거는 상을 주겠다 싶을
정도로. 까놓고 내가 썼던 시보다 훨씬 나았어. 씨발. 그게 절
대로 너는 나를 이길 수 없다고 말하는 것 같아서 울컥했지.
나는 전학까지 왔는데. 도망쳐 와서 아등바등 적응하고 있는
데 얘는 이렇게 나아지고 있구나, 하는 생각이 든 순간 머릿속
에서 뭔가 뚝 끊긴 것 같았어.〕

  내가 '김윤희'를 만나는 중에도, '이한솔'의 블로그는 간간이
업데이트 되고 있었다. 책 리뷰, 음악 리뷰, 좋아하는 작가 등
개인 정보가 들춰지지 않을 정도로 아주 교묘하게. 일주일에
한두 개의 포스팅이 올라오는 그 블로그를 보다 보면 헛웃음
이 저절로 나왔다. 적어도 나는 '이한솔'이라는 닉네임을 가지
고 그 블로그를 운영하는 사람이 누구인지 알고 있었으니까.
정확히 말하자면 나와 우진 형은. 우리는 그 블로그에 찾아가
기는 했지만 댓글을 달지는 않았다. 방문자 목록을 보면 아마
윤희 누나도 우리가 그 블로그에 들락거리는 걸 알 수 있을 터
였다. 인터넷상에서 이한솔의 본명을 묻는 사람은 많지 않았
다. 간혹 '닉네임이 독특하네요. 본명이세요?'라는 댓글에 윤희
누나가 '네.^^'라고 대답하는 것을 보며 나는 한숨을 쉬었다.
  〔저건 거짓말이잖아.〕

나는 우진 형에게 투덜거렸다. 이야기를 털어놓을 사람은 우진 형밖에 없었다. 우진 형도 윤희 누나가 새로 업데이트 한 포스팅을 읽고 있었는지 조금 늦게 대답했다.

〔거짓말……이긴 하지.〕

잠시 간격을 두고 우진 형의 말이 대화창에 올라왔다.

〔그런데, 탓할 수가 없잖아.〕

나는 대답할 수 없었다. '너, 내가 김윤희라고 했어도 만났을 것 같아?'라고 윤희 누나가 물었을 때 체했던 것처럼 가슴이 무거웠다.

〔우리도 똑같았으니까.〕

우진 형은 우리도 똑같았다고 말했다. 침묵하는 건 거짓말의 영역에 들어가는 걸까. 나는 '이한솔'이 '김윤희'라는 사실을 침묵했다. 우진 형은 내게 자신이 '김윤희'와 아는 사이라는 것을 침묵했다. 그리고 윤희 누나는 블로그에 오는 사람들에게 자기가 '김윤희'라는 것을 침묵하고 있었다. 경찰에 잡혀가도 묵비권은 행사할 수 있다. 침묵은 긍정도 부정도 아닌 애매한 신호다. 윤희 누나는 '이한솔'이라는 닉네임으로 아주 약간의 틈만을 만들어 놓고, 그 틈으로 사람들과 이야기하고 있었다. 사람들은 알까. 지금 자신들이 댓글을 달고 있는 블로그의 주인이 누구인지. 그리고 그 주인이 누구인지 안 다음에도, 지금처럼 스스럼없이 이야기를 걸까. '너, 내가 김윤희라고 했어도 만났을 것 같아?' 나는 그 질문을 다시 떠올렸고, 다시 고개를 저었다. 내가 하지 못하는 일을 다른 누군가가 해 줄 테니, 솔직해지라고 윤희 누나에게 말하는 건 무리였다.

포스팅 내용을 가지고 윤희 누나와 문자를 주고받았다.

누나, 그 책 읽었어?

어떻게 알았어?

블로그 보고.

블로그를 봤다는 문자를 보내고 나면 난감한 미소가 지어졌다. '이한솔'이 그저 닉네임일 뿐이라고 생각하면 간단한 일인데, 그게 잘 되지 않았다.

말하자면, '이한솔'은 문학소년, 소녀들의 프로토타입 아바타 같았다. 기형도의 시를 좋아하고, 대중 가수보단 인디 밴드와 외국 밴드를 좋아했다. 최근에 나온 한국 소설들은 반드시 읽고 감상문을 올렸다. 학교가 야간 자율학습을 강제로 시켜 학원은 다니지 않았고, 성적은 중위권이었다. 보름에 한 편 정도 단편소설을 필사했다. 시험이 끝나면 친구와 영화를 보러 가기도 했다. 물론 그 모든 것들이 정말 '김윤희'일 수도 있었다. 나는 어차피 윤희 누나가 평소에 어떤 생활을 하는지 몰랐다. 적어도 최근에 나온 한국 소설들을 즐겨 읽는다는 것은 사실일 것이다. 그렇지 않고서야 매번 그렇게 감상을 말할 수는 없을 테니까. 그렇게 치면 다른 것들도 모두 사실이라 믿어 버리면 편해질 것을. 그러나 나는 끝끝내 그 글들을 믿을 수 없었다. '이한솔'은 평범하고 성실한 문학소녀였지만, 그렇기 때문에 동시에 어느 누구도 아닌 것 같았다.

약간의 연극이라고 믿으면 그만이었다. 누구나 할 수 있는 소소한 거짓말이고 가면 놀이라고 생각하면 넘어갈 수 있었다. 그러나 이상하게도 나는 윤희 누나가 자신이 누구인지 털어놓기를 바랐다. 거짓말을 해야 하는 윤희 누나가 안쓰러웠다. 윤희 누나가 자신이 누구인지 밝힌다고 해도 아무것도 변하지 않을 것 같았다. 사람들은 계속 윤희 누나와 소통할 것 같았다. 내가 아는 윤희 누나는 좋은 사람이었으니까. 윤희 누나는 윤희 누나 그 자체로 인정받을 수 있을 것 같았다. 그런 생각을 우진 형에게 이야기하자 우진 형은 다른 생각을 내뱉었다. 나보다 훨씬 오래된 생각을.

〔소용없어, 그런 거.〕

우진 형에게서 사진 파일 하나가 메신저를 통해 들어왔다. 받은 파일을 클릭해 열었다. 언제인지는 모르겠지만, 백일장 시상식 사진인 것 같았다. 매 백일장마다 시상식 때가 되면 사진을 찍는 사람들이 있었다. 더러는 개인 소장용이 되기도 하고, 더러는 학교 홍보 차원에서 쓰이기도 했다. 그 사진은 홍보용보다는 개인 소장용인 듯 화질이 썩 좋지 않았다. 사진 속의 윤희 누나는 언제나처럼 흰색 카디건을 덧입은 교복 차림이었다. 상장을 받으려고 자신의 키보다 조금 높은 단상 위로 팔을 쭉 내밀고 있는 모습이었다. 시상대에 서서도 별 감흥이 없는 누나의 얼굴을 보며 '참 변화 없는 표정이구나.'라는 생각을 하고 있을 때, 우진 형의 메시지가 떴다.

〔확대해 봐.〕

마우스로 사진을 확대했다. 확대해도 여전히 아무런 표정 없는 얼굴. 뭘 보라는 거야?

〔상장 받고 있는 손 부분.〕

마우스 휠을 움직였다. 확대된 부분이 휠의 움직임을 따라 머리에서 손목으로 내려왔다. 남색 상장과, 그걸 받으려는 손끝의 픽셀 모양이 보일 정도로 확대되었다.

〔안 보이냐?〕

우진 형의 메시지를 받고 조금 더 찬찬히 사진을 들여다보다, 나는 숨을 멈췄다.

항상 내려져 있던 윤희 누나의 카디건 왼쪽 소매는 팔을 쭉 펴는 동작 때문에 약간 당겨 올라가 있었다. 그 틈으로 깨진 픽셀처럼 흐릿한 흉터가 보였다. 확대될 대로 확대되어 화질이 나빠진 뒤라 윤곽이 뚜렷하진 않았고, 사진을 원래 크기로 되돌리면 제대로 보이지 않았다. 그렇지만 그건 분명 흉터였다. 흉터는 손목 바로 아랫부분에서 시작되어 카디건 소매 안쪽으로 비스듬히 내려가는 것 같았다. 사진 한 장만으로는 그 흉터가 언제 생겼는지, 어떻게 생겼는지는 알 수 없었다. 그렇지만 이런 걸 본다면 누구라도…… 스스로 낸 흉터라고 생각할 것이다. 사진 파일을 닫았다. 내가 아무 말이 없자 우진 형의 메시지만 화면에 계속 올라왔다.

〔내가 그 글 올리고 난 뒤에, 이 사진이 카페에 올라왔어. 확대해서 편집한 것까지 함께.〕

나는 급히 키보드를 두드렸다.

〔내가 윤회 누나 글 검색했을 땐 저 사진 본 적 없는데?〕

우진 형의 대답이 돌아왔다.

〔내가 내려 달라고 했거든. 밤 새는데 새벽에 올라왔더라. 조회 수가 열 건쯤 되는 걸 글 올린 사람이랑 카페 주인한테 쪽지 보내고 메일 보내 가며 난리를 쳤어. 이런 거 올리면 명예훼손이고 고소당할 수도 있다고. 조회 수가 한 열다섯 건 넘어간 뒤에 글이 내려가더라. 어찌나 놀랐는지 내가 썼던 그 글 지우는 것도 손 덜덜 떨면서 했다.〕

할 말이 없었다. '망연자실'이라는 단어가 살아서 내 머릿속에서 꿈틀거리는 것 같았다.

〔원본 사진을 저장한 사람은 나밖에 없었나 봐. 다들 사진, 사진이라고 말을 하면서도 정작 어떤 사진인지는 다시 올라오지 않았으니까. 대놓고 퍼지는 소문은 아니었지만 분위기를 이상하게 만들기엔 충분했어. 어떻게든 변명을 해 보려고 해도 그렇게 은근하게 퍼지는 소문을 잡는 건 어렵더라고.〕

〔왜 형이 변명을 하는데?〕

〔나 때문이거든.〕

우진 형은 조금도 망설이지 않고 대답했다.

〔저 사진 찍은 백일장, 내가 그 글 올리고 얼마 안 돼서 열렸어. 누군가 노린 거야.〕

나는 메신저를 껐다. 어지러웠다.

08

멀리 가자

8월의 백일장 중 나와 우진 형이 가기로 한 곳은 두 군데였다. 강원도 인제에서 열리는 백일장과 원주의 Y대학교 백일장. 날짜가 거의 겹치다시피 해서 인제에서 백일장이 끝나면 바로 시외버스를 타고 원주로 가야 했다. 게다가 두 군데 다 아침 일찍 시작이라 전날부터 가 있어야 했다. 이건 뭐, 거의 첩보 작전이잖아. 백일장 시간표를 짜던 내 입에서 저절로 불만이 터져 나왔다.

Y대학교 백일장은 예선을 통과한 사람들이 원주로 가서 본선을 치르는 식이었다. 학교 측에서 본선 참가자들에게 기숙사를 배정해 준다고 했지만, 전화해 보니 기숙사는 이미 예상

인원이 다 찬 지 오래였다. 우진 형에게 연락을 해 보니 형도 기숙사를 잡지 못했다는 대답이 돌아왔다. 하는 수 없이 백일장 담당자와 그 부근 이장님까지 동원해 간신히 민박집 하나를 잡을 수 있었다. 우진 형과 상의 끝에 인제에서는 찜질방 신세를 지기로 했다.

윤희 누나는 Y대학교 백일장만 가겠다는 문자를 보내 왔다. 다행히도 2인 1실짜리 기숙사를 빨리 예약해서 잠은 편히 자겠다는 자랑도 함께.

떠나기 전날까지도 엄마에게 말을 꺼내지 못하고 있었다. 안방 문손잡이를 잡았다가 놓고 뒤돌아서기를 몇 번. 아버지에게는 말을 꺼낼 엄두조차 나지 않았다.

심호흡을 하고 안방 문을 열었다. 방 안은 텅 비어 있었다. 안방에 들어온 건 정말 오랜만이었다. 스탠드 다리미판 위에 영수증을 계산기로 눌러놓은 것이 보였고, 그 옆에 가계부와 볼펜이 가지런히 놓여 있었다. 계산기 옆에는 숫자로 가득 채워진 포스트잇 몇 장이 보였다. 한 번 장을 보면 열댓 가지의 품목이 영수증에 적혀 나오는데, 그걸 전부 암산으로 계산해 본 뒤 계산기를 두드리는 게 엄마의 오래된 버릇이었다. 어릴 때는 종이에 적지도 않고 바로 큰 숫자를 계산해 내는 엄마를 보고 마술을 부린다고 생각한 적도 있었다. 초등학교에 들어

가고 중학교에 들어가고 고등학교에 오면서는 별로 의식하지 않았는데, 여전히 엄마는 암산으로 가계부를 쓰고 있었다.

영수증을 만지작거리고 있던 찰나에 현관문 열리는 소리가 들렸다.

"현수, 거기서 뭐 해?"

"⋯⋯다녀오셨어요."

나는 지갑이라도 뒤지다 들킨 사람처럼 고개를 숙였다. 가계부일 뿐인데도, 꼭 남의 일기장을 훔쳐본 것 같은 느낌이었다. 그러니까 누군가가 아주 소중하게 생각하는 것, 남이 함부로 침범해서는 안 되는 성역을 엿본 것만 같았다. 엄마는 화장대 위에 가방을 내려놓고 의자를 끌어와 앉았다.

"무슨 일 있어?"

나는 쉽사리 말을 꺼내지 못하고 우물쭈물했다. 한참 엄마의 눈길을 받아 내다 간신히 입을 열었다.

"백일장 때문에⋯⋯. 지방이라 이틀 정도 못 들어올 것 같아서."

엄마가 다리미판 위에 턱을 괴었다. 혼날까. 가지 말라고 할까. 안절부절못하는 나를 내버려 두고 엄마는 다리미판 위에 펼쳐져 있던 가계부를 덮었다. 주먹만 쥐었다 폈다 반복하고 있는데 내 귓가로 엄마의 목소리가 들려왔다.

"학원 진도는 괜찮겠어?"

'꾸준히 노력해서 따라잡을게요.'라는 게 솔직한 답은 될 수 없어도 가장 바람직한 답이라는 건 알고 있었다. 그렇게 말해야 엄마가 고개를 끄덕일 확률이 높아진다는 것도. 하지만 입이 떨어지지 않았다. 내 스스로 한다고 해서 진도를 따라잡을 수 있을 거라는 생각은 들지 않았다. 나는 고개를 젓지도 끄덕이지도 않고 가만히 서 있었다.

"글 쓰고 싶어?"

나는 고개를 들었다. 방금 그거 엄마가 말한 건가? 엄마는 여전히 대답을 기다리는 눈으로 나를 올려다보고 있었다. 나는 머뭇거리다 "네."라고 대답했다. 내 성대를 울리며 입 밖으로 튀어나온 내 대답은, 내 긍정은, 내게도 생경한 울림이었다.

"그럼 가."

엄마가 시원스럽게 대답했다. 나는 너무도 간단히 튀어나온 엄마의 대답에 어찌할 바를 몰랐다. 잔뜩 긴장하고 있었는데. 이대로 방을 나가기만 하면 되는데도 나는 자리에 선 채 엉뚱한 말을 꺼냈다.

"엄마, 아직도 암산으로 가계부 써?"

엄마는 그걸 왜 물어보냐는 듯한 표정을 지으며 고개를 끄덕였다. 내가 다시 물었다.

"왜?"

가끔, 궁금하긴 했다. 나는 외모에선 아빠를 닮았고, 성격에

선 엄마를 닮았다. 조용하고 고집이 없는, 말하자면 다루기 쉬운 성격이었다. 내가 고집을 피운 건 단 두 번뿐이었다. 이과를 가지 않겠다고 한 것. 그리고 백일장에 나가겠다고 한 것. 그러나 그 고집에 뚜렷한 이유를 댄 적은 없었다. 이유가 없었으니까. 엄마의 유일한 고집이자 취미인 가계부에는 이유가 있을까. 엄마는 일어서서 내 옷깃을 바로잡아 주었다.

"너, 그새 또 키가 컸구나."

엄마는 한때 나와 이마를 맞댈 수 있었지만 언젠가부터 엄마의 이마가 내 콧등에 닿았고, 이제는 턱에 간신히 닿았다. 내 옷깃을 매만지며 엄마가 대답했다.

"글쎄, 엄마도 잘 모르겠어."

옷깃에 묻은 짧은 실밥을 손끝으로 집어내며 엄마는 고개를 갸웃거렸다.

"오래 이렇게 해 왔거든. 수학교육과를 나와서 그런가. 결혼하기 전부터 암산으로 썼던 것 같아. 너무 오래돼서 이제 왜 이러는지도 잘 모르겠다."

나는 엄마의 정수리를 내려다보며 다시 물었다.

"그럼 그냥 하는 거야?"

"아무래도…… 좋으니까 하겠지."

내 셔츠 아랫부분을 잡아당겨 주름을 펴며, 엄마가 웃었다.

"수학 선생님이 되고 싶었던 마음이 이런 습관으로 변했는지도 모르지. 사람은 하고 싶은 게 있으면 어떻게든 하게 된다고 하잖니. 나도 그런 것 같아."

엄마도 하고 싶은 게 있었구나.

엄마가 자신을 '나'라고 부르는 걸 처음 들은 것 같다. 엄마는 내게 자신의 마음을 말할 때 늘 '엄마는'이라고 운을 뗐다.

"엄마도, 하고 싶은 게 있었구나." 나는 인제로 가져갈 짐을 싸며 중얼거렸다. 엄마가 수학 선생님이 되고 싶었다는 걸 나는 몰랐다. 온라인 바깥의 윤희 누나와 우진 형을 몰랐던 것처럼, 가장 가까이에 있는 가족의 속조차도 모르고 있었다. 수학 선생님을 꿈꾸던 때의 엄마 모습은 어땠을까. 아무리 상상하려 해도 내 상상 속의 엄마는 지금의 모습이었다.

간단한 옷가지와 연습장, 모아 두었던 용돈을 담은 지갑을 가방 속에 넣고 지퍼를 채웠다. 가방 옆에 누워, 엄마가 내게 아무 말도 하지 않고 믿어 주는 건 '내가 하고 싶은 게 있다는 걸 믿기 때문'일지도 모른다는 생각을 잠시 했다.

하지만 내가 정말 하고 싶은 게 글을 쓰는 일일까.

내 대답이 내게도 생경했던 것은, 나 자신도 그 대답을 믿지 못하기 때문이었다. 누군가에게 '백일장을 나가겠다'가 아니라 '글을 쓰고 싶다'는 이야기를 해 본 건 처음이었다. 우스웠다. 엄마는 내 대답을 듣고 나를 믿는데, 정작 나는 내가 한 말을 믿지 못했다. 갑자기, 백일장에 가고 싶지 않다는 생각이 들었다.

그래서였나 보다.

열 시 이십 분까지 동서울터미널에서 우진 형을 만나기로
해 놓고, 내가 도착한 시간은 열 시 사십 분이었다. 백일장에
가기 싫다는 생각을 하다 늦잠을 자 버렸다. 우진 형이 펄펄
뛰었지만 열 시 삼십오 분 인제행 버스는 이미 떠난 뒤였다.
다음 버스는 열두 시. 우울해진 나는 나대로, 화가 난 우진 형
은 우진 형대로 긴 의자의 양 끝에 앉아 입을 다물고 있었다.

딱딱한 의자에 앉아 나는 버스 시간표를 올려다보았다. 수
십 개의 숫자와 목적지. 어지러웠다. 인제로 가면, 다음 날 백
일장에 참가하고, 그다음 날에도 또……. 불쑥 우진 형에게
말을 걸었다.

"형, 우리 인제 가지 말자."

"뭐 새끼야?"

우진 형이 짜증이 덜 가신 얼굴로 되쏘았다. 말을 내뱉고 나
니 정말로 인제에 가고 싶지 않았다. 내일부터 이틀 연속으로
백일장을 치러야 한다는 걸 생각하자 숨이 막혔다. 우진 형이
팔꿈치로 나를 건드렸다.

"인제로 안 가면, 어디로 갈 건데?"

갈 곳은 없었다. 하지만 집으로 돌아갈 수도 없었다. 시간표
에 새겨진 숫자와 글자가 눈 안으로 박혀 들어왔다. 경기, 강
원, 충북, 충남……. 말문이 막혔다.

"그냥, 바다 있는 데로 가자."

기껏 입에서 나온다는 단어가 '바다'였다. 고등학교에 들어온 이후, 수련회 한 번을 빼고는 수도권을 벗어나 본 적이 없다는 게 떠올랐다. 우진 형이 삐딱한 눈초리로 날 쏘아보는 게 느껴졌지만 정말로 인제에는 가고 싶지 않았다. 전광판의 시계가 열한 시 정각을 가리켰다. 쓰고 있던 야구 모자챙을 들추며 우진 형이 한숨을 내쉬었다.

"존나 전형적이야. 바다가 뭐야, 바다가."

얼굴이 확 달아올랐다. 듣고 보니 맞는 말이었다. 가출, 그리고 바다. 성장기 청소년이 나오는 영화엔 단골 레퍼토리로 나올 법한 단어들이었다. 그것도 멋있게 떠나는 게 아니라, 짐이라고는 고작 티셔츠 한 장에 반바지 하나, 수건 한 장에 연습장 한 권 들고 와서 바다라니.

시뻘게진 얼굴을 무릎 사이에 처박고 있을 때, 우진 형이 뾰족한 뭔가로 내 이마를 쿡쿡 찔러서 고개를 들었다. 받아 들고 보니 버스표였다.

"뛰어. 열한 시 십 분 출발이다."

"어?"

"가자고. 전형적이긴 한데, 네 말 들으니까 바다가 무지 땡긴다."

우진 형이 내 가방을 들고 앞장서 뛰기 시작했다. 나는 덩달아 뒤를 쫓아 뛰었다. 정말로 가는 거야? 그런데 바다가 어딘데? 물을 겨를도 없이 우진 형은 정차해 있던 버스에 올라탔다. 빨리 타라는 기사 아저씨의 채근을 들으며 올려다본 차창에는 '여수'라고 쓰인 종이가 붙어 있었다.

자리에 앉자마자 문이 닫히고 버스가 출발했다. 옆자리를 보자 우진 형은 태연하게 안전벨트를 매고 있었다.

"형, 우리 어디로 가는 거야?"

"여수."

"아니, 그게…… 어딘데?"

우진 형은 입을 다물고 딴청을 피웠다. 바다로 가자고 해 놓고 지리산 중턱에 내리지는 않겠지. 한참을 쳐다보자 우진 형이 뒷머리를 긁으며 대답했다.

"전라남도야. 전에 시인학교 할 때 가 본 적이 있는데……."

"있는데?"

좀 수상하다. 우진 형은 다 매 놓은 안전벨트를 풀기도 하고, 에어컨이 너무 세다며 일어서서 버튼을 눌러 대기도 하며 온갖 딴청을 다 피웠다. 점점 불길해졌다. 이거, 그냥 중간에 휴게소에서 내려 버리는 게 낫지 않을까. 그러니까 대체 '있는데…….' 다음이 뭔데?

"그때는 계속 차만 타고 다녀서 거기 지리를 하나도 모릅니다. 끝."

"야!"

"어허, '야'라니. 형한테."

"나 휴게소에서 내릴 거야. 어딘지도 모르고 어떻게 가!"

"인제 가지 말자고 한 건 너다, 인마."

그것도 그러네. 나는 될 대로 되라는 심정으로 의자 등받이에 몸을 기댔다. 목적지까지 무려 다섯 시간 가까이 걸린다는 안내 방송을 듣고 나자, 이제 정말 무슨 일이 일어나도 놀라지 않을 것 같았다. 전라남도면 땅끝이잖아. 아니, 물론 모든 바다는 땅끝에 있지만…… 경치 구경이나 하자는 마음으로 창밖을 보고 있는데, 우진 형이 내 어깨를 툭 쳤다.

"나도 백일장 가기 싫더라고."

내가 고개를 돌리자 우진 형은 늘어지게 하품을 하더니 말을 이었다.

"학기 내내 전공 수업에 백일장에 글만 썼는데 방학에도 그래야 한다고 생각하니까 답답하더라. 원고지고 상이고 다 집어치우고 바다나, 보고, 싶어졌어, 너, 때문에."

우진 형이 몸을 의자 등받이에 파묻으며 말하는 터라 마지막 몇 마디는 뚝뚝 끊어지듯 들렸다. 열 시 이십 분에 만나려면 하숙집에서 여덟 시쯤 출발했겠구나. 그럼 일곱 시엔 일어났을 테니, 졸릴 만했다. 괜히 미안해졌다. 우진 형은 야구 모자를 깊이 눌러쓰더니 잠들어 버렸다. 도로와 산으로 이어지는 바깥

풍경을 보던 나도 어느새 잠이 들었다.

중간에 휴게소에서 화장실에 가느라 한 번 깼던 걸 제외하면 우리는 내리 잠만 잤다. 여수에 다 왔다는 안내 방송을 듣고 나서야 흘렸던 침을 닦으며 눈을 떴다. 그리고 여수터미널에 내린 순간 우리는 누가 먼저랄 것도 없이 외쳤다.

"바다라며!"

바다를 보겠다는 일념으로 다섯 시간이나 버스를 타고 온 우리 앞에 펼쳐진 풍경은 시내였다. 왼쪽에는 피자헛, 오른쪽에는 이마트.

"우아, 내 고향에도 없는 이마트다."

우진 형이 허탈하다는 표정으로 킬킬거렸다. 남쪽이라 그런지, 기분 탓인지 햇볕은 무섭도록 뜨거웠다. 그리고 우리가 마시는 건 바다 비린내라고는 조금도 섞여 있지 않은 순도 백 프로의 시내 공기였다.

우리에게 바다로 가는 길을 알려 준 건 터미널 앞의 포장마차 아주머니였다. 인제로 가는 것보다 버스비가 많이 들었던 터라 우리는 늦은 점심을 떡볶이로 때웠다. 입안으로 튀김과 떡볶이를 밀어 넣으면서 나와 우진 형은 '여기 어디가 바다야?'를 두고 티격태격했다. 보다 못한 아주머니가 어묵 국물을 뜨던 국자로 떡볶이 철판의 쇠틀을 두들길 때까지.

"워메, 다 큰 총각들이 뭐 이리 말이 많당가? 바다는 저짝으로 솔찬히 가야 있응께 흘리지 말고 마저 먹으랑께."

까딱 잘못했다간 다음에 두들겨 맞는 건 우리 머리가 될 것 같아서 우진 형과 나는 경쟁적으로 남은 떡볶이를 쓸어 넣었다. 입가심으로 보리차까지 들이켜고 나서야 정신을 차릴 수 있었다.

"근데 아주머니, '솔찬히'가 얼마예요?"

"솔찬히가 솔찬히지 뭣이여. 택시 타고는 십 분이면 가니께 택시 타드라고."

우리는 터미널 안으로 돌아가 생수병 하나에 물을 받았다. 내일 원주로 가려면 그 비용도 적지 않게 들 터였다. 뭐든 아껴야 했다.

"택시로 십 분이면, 걸어서는 삼십 분쯤 걸리지 않을까?"

우진 형이 운을 뗴었고, 나는 고개를 끄덕였다.

우리는 '돌산대교 4km'라는 표지판을 따라 무작정 걷기 시작했다. '솔찬히'라는 전라도 말이 '꽤 많이'라는 뜻이라는 것과, 땡볕에 사람이 걷는 속도는 기껏해야 시속 2킬로미터 정도라는 것, 우리가 걸어가기로 했다는 걸 포장마차 아주머니가 알았더라면 기어이 국자로 우리 머리를 한 대씩 때렸을지도 모를 만큼 무모한 짓이라는 것. 그걸 전부 알아차린 때는 지긋지긋한 언덕길을 한참 올라가면서였다.

입고 있던 티셔츠와 반바지가 땀으로 흠뻑 젖었다. 차가운

물이 담겨 있던 생수병은 금세 미지근해졌다. 나와 우진 형은 반쯤은 오기로 언덕길을 걸어 올라갔다. 언덕 꼭대기에 학교처럼 생긴 건물이 있었다. 평소에도 욕이 많은 우진 형에게 전염된 듯 나까지 간간이 욕설을 내뱉어 가며 우리는 앞서거니 뒤서거니 걸었다.

방학이라 다행이었다.

"교복 입은 멀쩡한 애들이랑 마주쳐 가며 이 길을 걸어야 했다면, 차라리 죽고 싶었을 거야."

나는 우진 형에게 들리지 않을 정도로 작게 중얼거리다가 걸음을 멈췄다. '죽고 싶었을 거야.'라는 말끝을 타고 떠오른 건 우진 형이 보여 준 사진이었다. 서늘한 바람이 머릿속을 돌아 빠져나가는 것 같았다.

우진 형이 뒤를 돌아보았다. 나는 고개를 저으며 보폭을 넓혔다. 주머니에 넣어 둔 휴대폰도 후끈거리게 달아올라 있었다. 보내지 못할 문자를 머릿속으로 작성했다. 누나, 죽고 싶었어? 옆에서 우진 형이 씩씩거리며 어느 시인의 시인지 욕인지 모를 문장들을 외쳤다.

"멸종하고 있다는, 것은, 씨발! 어떤, 종의, 울음소리가! 사라져 간다는 것이다. 나는, 씨발, 멸종하지, 않을, 것이다! 아아악, 더워!"

드디어 형도 미쳐 가는구나. 그래도 죽지는 않겠지. 나는 미지근한 수준을 넘어서 점점 따뜻해지는 생수병 속의 물을 위로하는 마음으로 우진 형의 목덜미에 뿌렸다. 우진 형은 화낼 기력도 없다는 표정으로 나를 돌아보고 다시 걸음을 옮겼다. 아무도 지나가지 않아서 다행이었다.

언덕 위에는 정말로 학교가 있었다. 그리고 교문 안쪽으로 수돗가가 보였다. 우리는 누가 먼저랄 것도 없이 반쯤 열린 교문을 온몸으로 밀다시피 하며 들어갔다. 수도꼭지를 틀어 얼굴과 손발을 대강 씻자 조금이나마 정신을 차릴 수 있었다.

둘 다 몸에 걸친 거라고는 티셔츠와 반바지, 가방 하나. 짐이 많지 않은 게 그나마 다행이었다. 운동화를 신은 우진 형과 달리 샌들을 신은 내 발은 이미 새까맣게 그을려 있었다.

"이거 봐라, 형. 내 발에 샌들 자국 났어."

발을 쑥 내밀며 낄낄거리자 나무 그늘에 대자로 뻗어 있던 우진 형이 고개를 돌렸다.

"거기만 났겠냐. 온몸에 다 났겠지. 나중에 옷 벗으면 볼 만하겠다."

운동장 나무 그늘 아래는 그대로 모래벌판이었다. 이왕 땀으로 젖어 버린 옷이었기에 우리는 벌러덩 누웠다. 손목시계를 보니 다섯 시가 넘어 있었다. 바다는 얼마나 먼 거야? 형, 우리 지금 어디쯤 온 걸까? 입 여는 것도 귀찮을 만큼 피곤해서 나는 머릿속으로만 질문을 했다. 자꾸 눈이 감겼다. 나무 그늘이 짧

아 머리만 그늘에 있고 발은 땡볕에 있는 판국이었는데도. 가물
거리는 눈을 아예 꽉 감아 버리며 질문을 하나 덧붙였다.

　누나, 괜찮아?

09
바다, 여기도

"학생들, 일어나랑께! 싸게 집에 가드라고!"

뭔가가 다리를 때리는 느낌에 눈을 떴다. 온몸이 천근만근이었다. 자는 사이 바람이라도 불었는지 입안부터 옷 속까지 모래가 들어가지 않은 데가 없었다. 나는 모래를 뱉으며 우진 형을 흔들어 깨웠다. 주위는 어느새 어두워지고 있었다. 앞에 버티고 선 사람은 해를 등지고 있어 온통 새까맣게 보였다. 기지개를 펴다 헉 소리를 내자, 그림자가 혀를 찼다.

"아니, 삼복염천에 여고 운동장에 들어와 자는 사내새끼들은 첨 본다야. 집은 어디 두고 예서 자빠져 잔디야?"

그림자가 우리에게 등을 돌리고 저편으로 걸어갔다. 긴 집

게를 든 할머니였다. 아, 우리가 여고 운동장에서 퍼질러 자고 있었구나.

여전히 정신을 차리지 못하는 우진 형을 깨우려고 했지만 형은 막무가내였다. 그대로 내일 아침까지 잘 기세였다.

"야, 안 일어나는 게 아니라, 못……. 당기지 마! 하지 마! 아악!"

못 들은 척 형의 팔을 잡아당기자 바로 또 비명 소리가 터져 나왔다. 형을 잡아당기는 힘으로 겨우 일어서려는 내 몸도 말이 아니었다. 온몸의 뼈마디가 어디에 있는지 느껴질 정도로 삐걱거렸다. 이래서 노숙을 하면 몸을 망친다는 거였군. 나는 있는 힘을 다 모아 간신히 비명을 지르지 않고 일어섰다. 땀이 흐르고 마르고 그 자리에 다시 흘러 온몸은 찰흙으로 빚은 양 흙먼지 범벅이었다.

수돗가로 가 체면이고 뭐고 다 버리고 윗옷을 벗고 수도꼭지 아래에 머리를 박았다. 미지근한 물이었겠지만 열기로 달아오른 내 몸에는 차갑게 느껴졌다. 머리가 식는 것 같았다. 비틀거리며 걸어온 우진 형도 윗옷을 벗은 채 나란히 머리를 박았다. 쏟아지는 물줄기 아래 엎드려뻗쳐 자세로 서서 물을 맞던 우리는 동시에 한숨을 쉬었다.

그래서, 바다는 대체 어디 있는 건데?

"형, 지금이라도 택시 탈까?"

"이 언덕 위로 오는 미친 택시가 어디 있어."

우리는 후들거리는 다리를 힘겹게 굽히고 펴며 언덕을 내려
갔다. 휴대폰을 꺼내 시간을 보니 여덟 시가 넘어 있었다. 꼬
박 세 시간을 땅바닥에 누워 잔 셈이었다.

인제는 어때?

윤희 누나의 문자가 와 있었지만, 배터리도 거의 바닥이었
고 답장을 보낼 기운도 없어 확인만 하고 휴대폰을 주머니에
넣었다. 언덕을 내려와 사람들에게 물어물어 가자 어느 사이엔
가 짠 내가 코끝으로 밀려왔다. 저 멀리 여러 가지 색으로 물들
어 있는 다리가 보였다.

"바다네."

"그러네."

우리는 다리를 향해 걸었다. 부두를 지나고, 산책하는 사람
들을 지났다. 배들이 서 있는 곳을 지나 다리 앞 정자까지 간
우리는 지도판 앞에서 걸음을 멈췄다. 택시를 탔으면 십 분 만
에 올 거리를 몇 시간이 걸려 도착한 걸까.

"아주 개고생을 했네."

우진 형이 중얼거렸다. 새삼스럽게 발바닥이 욱신거렸다.
햇볕에 타서 새까맣던 발등은 껍질이 벗겨졌는지 쓰라리기까

지 했다. 우진 형은 할아버지 같은 신음 소리를 내더니 다리를
향해 턱짓했다.

"가자."

다리 중앙으로 갔을 때 보인 것은 색색의 빛을 쏘는 조명이
었다. 흰색 다리에 색깔 조명을 쏴서 빛나 보인 거였다. 우진 형
과 나는 그 조명과, 조명이 비추고 있는 다리를 올려다보았다.

"가짜네."

"원래 보이는 게 전부가 아니잖아."

우진 형이 말끝에 작게 덧붙였다. 씨발.

우리는 다리를 건너갔다. 다리 끝에는 벌써 문을 닫은 카페
와 횟집이 있었고, 주차 된 자동차들이 있었다. 다리 아래로
가자, 한여름의 열기를 피해 간 듯 시원했다. 우리는 가방을
옆에 내려놓고 주저앉았다.

밤바다였다.

조명등이 비추는 다리 옆으로 작은 섬이 보였다. 바다는 웅
장하지도 아름답지도 않았다. 그냥 짠 내가 나는 넓은 물이었
다. 바다를 보고 싶다고 했을 때 내 머릿속에 있던 이미지는
한적한 백사장과 파도였다. 하지만 상상과 다른 이곳도 바다
이긴 마찬가지였다. 내가 상상했던 것과 다르다고, 바다를 바
다가 아니라고 우길 수는 없었다. 가로등 조명에 붉은 기가 돌
았다. 다리 위로 차들이 헤드라이트를 켜고 지나다녔다. 땀으

로 젖은 옷이 반쯤 말라 축축했고 소금기로 버석거렸다. 흐린 불빛에도 확연히 보일 만큼 팔이 새까맣게 타 있었다. 정말 거지 같은 몰골이었다.

우진 형이 가방에서 생수병을 꺼내 내 쪽으로 건넸다. 나는 물을 들이켜고 병을 다시 형에게 돌려주었다. 물을 나눠 마시고, 우리는 바다 쪽으로 시선을 준 채 가만히 앉아 있었다.

"형."

"왜?"

"윤희 누나가 썼다는 그 글, 나 보여 줄 수 있어?"

우진 형이 내 쪽으로 고개를 돌렸다.

"왜 보고 싶은데?"

"……그냥."

설명할 수 없는 일이 너무 많았다. 왜 서울에서 여수까지 오는 시간만큼이나 오래 걸려 여기 왔는지. 왜 이렇게 마음이 답답한지. 그리고 왜 윤희 누나의 글이 보고 싶은지. 우진 형은 그 글을 '못 썼다'고 잘라 말했다. 그래도 읽고 싶었다. 우진 형은 가방 안을 뒤져 휴대폰을 꺼내 내 쪽으로 내밀었다.

휴대폰 화면 안에 글이 들어 있었다. 버튼을 누르면 스크롤을 내린 것처럼 글의 아랫부분이 화면으로 밀려 올라왔다. 우진 형이 휴대폰을 가져가 몇 번 더 버튼을 누르자 읽기 편하게 화면이 맞춰졌다.

"편해. 같은 반 여자애가 이걸로 뭐 읽는 거 보고 따라해 봤더니 괜찮더라. 이불 속에서 읽기도 편하고."

가로세로가 엄지손가락 길이만 한 작은 화면이 하얗게 빛났다. 나는 작은 글씨들을 읽어 내느라 이맛살을 찡그렸다. 이렇게 만들기 위해서 우진 형은 훔쳐 온 원고를 일일이 타이핑했을 것이다. 그리고 이불 속에서 몇 번이나 몰래 그 글을 보았을 것이다. 깜깜한 밤, 좁은 이불 속. 아무도 보지 못하는 혼자만의 공간에서. 맨 위 상단에 제목과 이름이 적혀 있었다. 나무, 김윤희. 그 이야기는 이렇게 시작되었다.

나는 차라리 내가 나무였으면 좋겠다고 바랐다.

우진 형의 말은 틀리지 않았다. 그 글은 정말로 이상했다. 아무런 이유도 없이 같은 반 아이들은 누군가를 따돌렸고, 따돌림을 당하는 당사자는 아무 반항도 없이 그걸 받아들였다. 원고지 열다섯 장 분량이 나온다던 그 글 내내 아이들은 누군가를 치고, 밟고, 무시하고, 잡아당겼다. 벗어 두었던 교복이며 가방은 때때로 창밖 나뭇가지에 걸렸다. 주인공은 그것들을 내리려고 까치발을 들면서 나무가 되었으면 좋겠다고 생각하고, 정말로 나무가 되어 버렸다. 마지막 부분은 나무로 변하는 모습으로 채워져 있었다. 온몸에 남은 상처가 나무껍질이 되고, 손가락이 잔가지가 되었다. 완전히 나무가 된 채 등교한 주인공이 교실 문턱을 밟는 곳에서 이야기가 갑작스럽게 끝났다. 늘 그랬던 것처럼 누군가가 자기 발을 밟을까 봐 잔뿌리에 힘을 주어 오그리고는.

도대체 무슨 생각으로 이런 걸 학교 백일장에 냈을까.

전에 우진 형의 이름을 검색했을 때 우진 형이 상을 탔다던 그 시도 읽을 수 있었다. 덕분에 나는 우진 형이 가져다 쓴 문장을 찾을 수 있었다.

물속으로 서서히 잠기듯 허공으로 솟아오르는 머리카락, 그 나뭇잎들.

형이 쓴 시는 곧 수몰될 마을에 혼자 남아 나무가 되어 버리는 남자에 관한 이야기였다. '나무가 된다'는 것은 형이 뒤엎지 못했던 기본 골격이었을 것이다. 그러나 그 점을 애써 무시하더라도 나는 왜 윤희 누나가 우진 형을 두고 '글을 베껴서' 상을 탔다고 했는지 알 수 있었다. 똑같은 문장이 지닌 똑같은 밀도와 습도와, 아마도 절망이라고 부를 수 있는 감정. 우진 형이 가져온 것은 한 문장이라고 잘라 말할 수 없는 '그 어떤 것'이었다. 코밑으로 밀어닥치는 축축함이었다.

휴대폰을 우진 형에게 돌려주었다. 우진 형은 휴대폰을 받아 들고 다시 한 번 그 글을 읽으려는 듯 화면을 들여다보았다. 머리 위에서 불안하게 깜박이던 가로등이 꺼져 버렸다. 우진 형이 휴대폰 폴더를 닫았다.

"우리 학교 애들은 존나 천재고, 존나 또라이이거든."

학교 이야기였다.

"니체며 아도르노며 랭보를 지네 집 강아지 이름처럼 줄줄 읊는 새끼도 있고, 백날 가도 똑같은 맞춤법을 틀리는 새끼도 있어. 그런 애들 틈에 껴서 살아 보겠다고 발악을 했다. 솔직히 인터넷에 그 글 쓸 때는 존나게 억울했어. 나도 청산고 다닐 때는 나름 혼자 글 쓰는 놈이었고, 튀는 놈이었는데 여기 와서는 완전 들러리도 못 되는 게. 나는 땅 파는데 김윤희는 여전히 그 학교에서 잘도 글 쓰고 있고, 하숙집에서 학교까지 걸어서 오 분인 거리는 숨이 안 쉬어지게 먼 것 같고."

한기가 돌았다. 땀에 젖은 채 바닷바람을 그대로 맞으니 등줄기에 소름이 돋았다. 우진 형도 추운 건지 무릎을 껴안고 웅크렸다.

"지나 보니 알겠더라. 천재처럼 보이는 저 새끼들이 얼마나 뒤에서 혼자 삽질인지. 같은 하숙집에 존나 천재처럼 보이는 애가 있어. 학교에선 만날 노는 것처럼 담배 물고 양아치처럼 굴더니, 씨발, 그 새끼 방문 열렸을 때 보니까 책상에 책이 탑을 이뤘더라고. 이론 수업 시간엔 그딴 거 구구단보다도 쉽다는 것처럼 툭툭 던지는 새끼였는데, 그 허세를 떠느라고 뒤에서 미친놈처럼 공부했을 걸 생각하니 웃기고 불쌍하더라. 나중에 그 새끼하고 같은 방 쓰는 놈한테 물어보니 새벽 두 시까지 잠 안 자고 책 판다더라. 병신처럼."

우진 형은 온몸이 가장 작게 보일 만큼 단단하게 무릎을 껴안았다.

"천재들은 원래 잘하는 놈이라고, 그러니까 나 같은 루저가 욕해도 되는 거라고 생각했거든. 그런데 아니더라. 물론 원래부터 존나게 잘하는 놈도 있긴 한 거 같은데, 김윤희는…… 걔가 블로그에 올린 것처럼 읽고 쓰는 거 다 하려면 정말 이 악물고 해야 돼. 청산고는 야자를 월요일부터 금요일까지, 밤열한 시까지 시켜. 그 틈에 소설 읽고 자기 글 쓰는 게 얼마나 대단한지, 학교를 옮겨 보니까 알겠어. 걘 정말 죽자고 하는 거야."

우진 형과 나는 같은 것을 믿고 있었다. 자기 블로그를 운영하는 '이한솔'이 아니라, 그 뒤에 서 있는 '김윤희'가 쓰는 글을, 그 노력을. 밤이 깊어질수록 달아올랐던 바닥도 식어 갔고, 바람은 조금씩 차가워졌다. 우리는 자리에서 일어섰다. 길을 헤매고 묻고 걷던 중 들은, 돌산대교 건너에 찜질방이 있다는 소리를 따라 발을 옮겼다.

'미성년자 아닌감?'이라는 찜질방 카운터 아주머니의 날카

로운 눈초리를 피해, 우진 형이 까치발까지 들어 내 머리를 벅벅 문질러 보이며 '얘가 다음 주에 군대를 가는데 무전여행 중이라서요.'라는 핑계를 댄 뒤에야 우리는 탕에 몸을 담글 수 있었다. 순식간에 나이가 세 살은 올라갔다 내려온 탓인지 아니면 하루 종일 몸을 마구 굴리다가 따뜻한 물에 들어온 탓인지 잠이 쏟아졌다. 찜질방에서 준 고무줄 반바지와 티셔츠로 갈아입은 우리는 찜질이고 뭐고 할 새도 없이 잘 곳을 찾았다.

토굴처럼 된 수면 공간은 둘이 몸을 눕히자 꽉 찼다. 굴러다니던 목침을 가져다 베고 이불을 덮자, 집이 아닌 곳에 있다는 게 실감 났다. 아래층에서 들려오는 텔레비전 토크쇼 소리와 아주머니 아저씨들의 목소리가 쏟아지던 잠을 몰아냈다. 사내놈 둘이 마주 보고 자기는 쑥스러워 나는 천장을 보고, 우진 형은 벽을 보고 누워 있었다. 우진 형의 휴대폰에서 나오는 불빛이 토굴 천장에 닿아 그림자를 만들었다.

"형, 안 자?"

"자야지."

말을 멈추면 아래층에서 올라온 소음들이 우리 사이에 파고들었다. 휴대폰을 사물함 속 가방에 두고 왔다는 게 생각났다. 배터리도 바닥나 있었으니 지금쯤은 꺼져 있을지도 모르겠다. 민박집에 가서 충전할 때까지는 연락할 방법이 없었다. 잘 도착했다고 엄마에게 거짓말이라도 해야 할 텐데. 윤희 누나에게도……. 고개를 흔들어 생각을 떨쳐 냈다.

아래층이 아까보다 어두워졌다. 텔레비전이 꺼진 모양이었다. 조금 어두워지고, 조용해진 그 속에서 우진 형이 말했다.

"떨어졌더라. 청소년문학상."

나는 고개만 끄덕였다. 우리가 이곳으로 출발하기 전, 청소년문학상 결과는 이미 인터넷에 올라와 있었다. 그 속에 윤희 누나의 이름은 없었다. 가서 밥은 잘 먹었을까. 잘 지냈을까. 그런 생각들로 뒤척이는데 우진 형이 씹어 뱉듯이 중얼거렸다.

"병신처럼."

책망하는 말투였다. '넌 어떻게 이런 것도 못 하냐?' 그런 말투가 아니라, '너 같은 애가 왜 이런 걸 못 하냐?'라는 말투였다. 믿음과 경멸이 반반 섞인 그 말투에 나는 심장 한쪽이 싸해졌다. 우진 형의 말은 숨겨진 뒷말을 담고 있었다. '충분히 탈 수 있었잖아, 김윤희.' 그렇게 말하는 것처럼 느껴졌다. 내 감정을 감추려 돌아누웠다.

개인 정보를 드러내지 않는 블로그, 공개된 수상작. '김윤희'에 대해 볼 수 있는 것은 그런 것들이 전부였다. 기껏해야 한 달에 한두 번 백일장 자리에서 만나 짧은 안부를 묻고 잡담을 나누는 게 고작이었다. 그것으로 한 사람을 '안다'고 할 수 있을지는 모르겠다. 우진 형도 내 입장과 크게 다르지 않았다. 윤희 누나와 같은 학교에 다녔던 것은 고작 일 년. 그 가운데

서로의 존재를 알았던 시간은 더 짧았고, 호의적인 마음으로 서로를 대하던 시간은 없었을지도 모른다.

우진 형과 윤희 누나와의 대화는 다른 사람들과 이야기하는 방법과 달랐다. 정의정과 학교 친구들과 나는 서로 몸을 건드리고 눈을 마주치며 이야기했다. 그런데 우진 형과 윤희 누나와는 그렇게 할 수 없었다. 우리는 멀리 살았고, 다르게 살았다. 우리가 나눈 대화는 거의가 '글'이었다. 메신저 대화였고, 문자였다. 통화를 한 적도 거의 없었다. 우리는 서로가 쓴 글을 통해 서로를 이해했다. 표정도 손짓도 보이지 않는 그 대화로 맺어진 관계를 믿을 수 없다고 생각하는 사람도 있을지 모른다. 하지만 나는 '글'로 가까워진 우진 형을 믿었고, 우진 형은 내 고집을 따라 이 먼 바다까지 덥석 따라왔다.

우진 형이 벽 쪽으로 붙는 게 느껴졌다. 나는 우진 형이 그 사진에 대해 고백했던 날부터 하고 싶은 질문이 있었다.

"형. 윤희 누나, 싫어해?"

"……싫어해."

목소리는 토굴 벽에 부딪쳤다가 돌아 나왔다. 우진 형의 입에서 토굴 벽까지 목소리가 전해졌고, 그 소리는 다시 내 귀로 전달되었다. 귓바퀴를 타고 돌아 고막을 울리는 그 말을, 나는 믿지 않았다.

"정말로?"

우진 형은 숨소리도 내지 않았다. 대답은 못 듣는 건가…….
내가 돌아누울 때 우진 형의 목소리가 들렸다.

"……일부러 싫어했어."

우진 형은 더듬더듬 말했다. 싫어해야만 했다고. 시상대에 서서 허리를 숙이다가 눈이 마주친 것 같았던 그 애국조회 때부터. 아니면 '나무'라는 글제를 받고 아무것도 쓰지 못하다가 떨리는 손으로 한 글자씩 적어 내려가던 백일장 때부터. 그것도 아니라면 교무실에서 그 글을 훔쳤을 때부터. 그 애가 조회 시간에 시상대에 올라가던 날들부터 싫어해야만 했다고. 싫어하지 않으면, 그 글들을, 그 사람을 좋아하게 되면 넘어서지 못할까 봐. 좋아하는 사람으로만 남아 버릴까 봐. 자신이 발전하지 못할까 봐. 억지로라도 눈을 감고 고개를 돌려야 했다고. 사실은, 좋아했다고. 눈을 감고 귀를 막고 고개를 돌려도 어쩔 수 없었다고. 좋아했다고.

나는 가만히 누운 채 그 말들을 들었다. 더듬거리는 단어들이 귓속으로 들어와 박혔다. 그렇구나. 좋아했구나. 심장 안쪽이 자꾸만 욱신거렸다.

"그 사진, 왜 저장했어?"

목소리가 심장에서부터 울려 나왔다. 우진 형이 길게 한숨을 쉬며 대답했다.

"그 애 독사진이, 그것밖에 없어서."

인터넷에는 많은 기록들이 남아 있었다. 우진 형과 윤희 누나가 같이 나간 백일장은 기록이 남아 있는 것만 해도 열 손가락 가까이 될 만큼 많았다. S대학교 백일장 때 우진 형이 보여준 반응을 생각하면, 그 글과 사진이 나타난 뒤 둘은 제대로 이야기를 나눌 일이 없었을 것이다. 어쩌면 이야기를 나누었다 해도 서로에게 반응조차 보이지 않았을 것이다.

엄마에게 우진 형이나 윤희 누나에 관한 이야기를 한 적이 없었다. 엄마는 내가 혼자 인제에 내려갔다가, 혼자 원주로 향하는 줄 알고 있었다. 내 이야기를 다른 사람에게 하는 것이 서투르고 어색한 까닭도 있었지만, 엄마가 우진 형과 윤희 누나, 인터넷에서 만나고 친해진 사람들을 받아들일 거라는 확신이 없었다. 나는 늘 거짓말을 하고 싶지 않았고, 거짓말을 하느니 입을 다무는 쪽을 택했다. 내가 인터넷으로 만난 사람과 이야기를 하고, 밥을 먹고, 이렇게 한 공간에 누워 잠을 잔다는 걸 알면 엄마는 무슨 생각을 할까.

나는 화제를 돌렸다.

"언제부터 시 썼어?"

"아, 너 오늘 왜 계속 질문이냐? 귀찮게."

우진 형이 발로 내 종아리를 걷어찼다. 질세라 나도 팔로 우진 형의 머리를 눌렀다. 이불이 들썩거렸고 그 와중에 우진 형이 발버둥을 치다가 토굴 벽을 팔꿈치로 쳤다. '텅' 소리가 나고 벽 너머에서 컬컬한 아저씨 목소리가 넘어왔다.

"뭐여!"

우리는 언제 그랬냐는 듯 시침을 뚝 떼고 바로 누웠다. '야, 찾아오면 어쩌지?' '몰라, 형이 자다가 찼다고 해.' 숨소리도 내지 않고 잘 보이지 않는 눈빛만으로 말을 주고받는데, 커다란 그림자가 우리가 누워 있는 토굴 앞에 잠시 머물다 사라졌다. 그림자가 사라지자 우리는 크게 숨을 내쉬었다.

"야, 죽는 줄 알……."

"크흠!"

사라진 줄 알았던 그림자가 우진 형이 입을 열자마자 다시 우리 앞을 막았다. 딱 걸렸구나. 나는 야자 시간에 담임에게 걸렸던 우진 형의 마음을 아주 조금이나마 이해할 수 있을 것 같았다. 그림자는 우리 토굴 앞으로 고개를 쑥 들이밀더니 나직하게, 그러나 무시무시한 목소리로 말했다.

"학생들, 조용히 떠들드라고."

세 마디의 말이 그렇게까지 큰 공포심을 줄 수 있을 줄이야. 우리는 입도 열지 못하고 고개만 끄덕였다. 그림자는 다시 옆 토굴로 돌아갔지만 우리는 한참 동안 아무 말 없이 차렷 자세로 누워 있었다. 옆 토굴에서 우렁차게 코 고는 소리가 들려올 때까지.

"형, 이제 말해도 돼."

우진 형이 다시 내 다리를 걸어찼다. 나는 이번에는 아무런 반응도 하지 않았다.

"그쪽은 안전해 보이냐?"

나는 내가 누워 있는 쪽 벽 너머에 귀를 기울였다. 우진 형 쪽보단 조용했지만, 만만치 않은 코골이 소리가 넘어왔다. 나는 고개를 끄덕였다.

"죽는 줄 알았네."

우진 형이 길게 숨을 내쉬며 팔다리를 쭉 폈다. 딱딱한 목침을 빼내고 팔을 머리 밑에 받친 뒤, 한결 편해 보이는 자세로 우진 형이 말했다.

"중학교 2학년 때부터. 과제로 책 읽고 감상문을 써 오는 게 있었는데, 도서실에 가니까 애들이 책을 다 빌려 가서 남은 게 없는 거야. 그나마 얇은 걸 찾다가 빼든 게 기형도 시집이었다. 처음에는 무슨 말인지 하나도 몰랐는데 계속 읽다 보니까 그냥…… 좋더라."

"언제부터 썼냐고 물은 거지 읽었냐고 물은 게 아닌데."

"아, 시끄……!"

우진 형이 버럭 소리를 지르려다가 입을 다물었다. 코골이 소리는 우렁차게 계속되고 있었다.

"시라는 게 좀 짧잖아. 그래서 나도 쓸 수 있지 않을까 싶어서 끼적거렸는데 내가 봐도 영 아니더라고. 그때가 한창 그럴

나이잖아. 무조건 거창한 게 쓰고 싶은데 마음대로 되지는 않
고. 내가 알지도 못하는 걸 쓰니까 당연히 재미도 없고. 그래
서 인터넷 뒤져서 가장 쉽다는 시집부터 열댓 권 사 모아서 숨
겨 놓고 읽었지. 3학년 되고 나선 작법 책도 사서 읽어 보고.
그렇게 하니까 좀 늘더라."

어둠 속에서 우진 형의 목소리가 낮게 깔렸다.

"이런 것은 아니었다, 나는 일생 몫의 경험을 다했다."

기형도의 시 「진눈깨비」 정도는 나도 알아들을 수 있었다.
중학교 2학년. 열다섯 살. 그때 나는 소설에도 시에도 관심이
없었다. 관심이 있었다면 축구나 와우 정도. 나는 평범한 열다
섯 살을 보냈는데 누군가는 열다섯 살에 시를 읽었다는 게, 그
사람이 지금 내 옆에 누워 있다는 게 낯설게 느껴졌다. 한번 말
을 트자 재미가 붙었는지 우진 형의 목소리는 계속 이어졌다.

"그러다가 고등학교 오고, 백일장 나가고, 어느 순간부터는
내가 시를 쓰는데 상을 타는 건지 상을 타고 싶어서 시를 쓰는
건지 잘 모르겠더라. 방황기였나 봐. 지금은 비슷한 놈들끼리
부대끼다 보니 그냥 즐겁다. 애들 사이에서 허우적대도, 내 시
가 가루가 되도록 까여도 놓지를 못하겠어."

나는 팔로 눈을 가렸다. 깜깜했다. 우진 형이 옆구리를 찌르
며 내 이야기도 털어놓으라고 채근했지만 아무 말도 하고 싶지
않았다.

나는 왜 백일장에 나가게 되었더라……. 고등학교에 올라와서도 나는 말수가 적었고, 애들하고 떠들어도 뒤돌아서면 곧 다시 심심해지곤 했다. 그러다가 뒷자리에 앉게 되었고, 누군가 뒤돌아보지 않으면 수업 시간 내내 다른 생각을 했다. 노트 여백에 무엇인가를 끼적거리다가…… 정신을 차려 보니 백일장에서 원고지를 받아 들고 있었다. 학교 게시판에 붙어 있던 백일장 공고. 초록색 싸구려 펠트 천 위에 압정으로 고정되어 있던 흰색 종이. 그걸 떼어 들고 담임에게 가서 백일장에 나가게 해 달라고 했다. 왜냐고 담임이 물었던 것도 같은데, 내가 뭐라고 대답했더라. 문학이라는 단어에 대해선 아무런 생각도 없었는데. 책도 잘 안 읽었는데.

도서실에서 무작정 빌려 갔던 몇 권의 책. 종이의 질감과 무게. 활자의 크기. 이야기. 그것들이 나를 어떻게든 두드렸고, 글을 쓰기 시작했다. 그렇지만 나는 정말 우진 형처럼 글을 '좋아하고' 있을까. 토굴이 무한정 넓어지는 것 같았다. 우진 형이 아주 멀게 느껴졌다. 정말 이대로 백일장에 나가도 되는 걸까. 백일장이라는 건 우진 형처럼 글이 좋아서 어쩔 줄 모르는 사람들이 나가야 되는 게 아닐까. 그게 아니면 윤희 누나처럼 글을 잘 쓰는, 어딘가에 상처가 있는 사람이 나가야 하는 게 아닐까.

우진 형은 나를 찔러 대다가 잠들었는지 작은 숨소리만 냈다. 코 고는 소리와 숨소리에 둘러싸여 나는 외로워졌다.

아침에 일어나자 통유리 밖으로 바다가 보였다. 밤에 본 것
보다 한결 바다다운 바다였다. 우진 형과 나는 꾸덕꾸덕해진
옷들을 대충 가방에 구겨 넣은 채 밖으로 나가 택시를 탔다.
터미널까지는 시간으로 십 분, 택시비 오천 원이 채 나오지 않
는 가까운 거리였다. 편의점에서 산 빵을 씹으며 우리 둘은 실
없이 웃었다. 이 짧은 거리를 걷겠다고 어제 그렇게 고생을 했
다니.
우진 형이 표를 끊어 오겠다며 매표소로 갔고, 나는 우진 형
의 가방까지 멘 채 대합실 의자에 걸터앉았다. 텔레비전에서
는 아침 토크쇼가 방영되다가 내일이 광복절이라는 광고 방송
이 나왔다. 벌써 8월 14일이구나.
"원주까지 가는 버스가 없어요?"
우진 형의 당황스러운 목소리가 나를 생각에서 깨웠다.

10

여름날

"원주로 바로 가는 버스는 없어요. 서울로 갔다가 다시 원주
로 가거나, 중간에 갈아타야 되는데요."

가방 두 개를 들고 나는 매표소 앞으로 다가갔다. 매표소 직
원은 친절하게 대답하고 있었지만, 우진 형은 잔뜩 인상을 쓰
고 있었다. 매표소 위 안내판에는 원주행 시간표가 없었다.

"서울로 갔다가 가려면, 서울행도 아홉 시 반 버스는 출발했
으니까 열 시 이십 분에 타셔야 되네요."

서울에서 원주까지 한 시간 반 정도가 걸리니까 아무리 시
간이 잘 맞아도 다섯 시쯤 원주에 도착하는 셈이었다. 이 더위
에, 차를 타더라도 피곤함이 아주 없는 건 아니다. 게다가 버

스만 여섯 시간 반. 그 방법밖에 없다면 그렇게라도 가야 했다. 그렇지만 서울로 가면, 나는 아무 망설임 없이 원주로 갈 수 있을까. 내가 원주로, 백일장을 치르러 가게 될까.

"저기, 다른 방법은 없어요?"

나는 불쑥 끼어들었다. 매표소 직원은 잠시 놀란 눈으로 쳐다보다가 다시 컴퓨터를 두들겼다.

"아니면 광주로 가서 갈아타고 가세요. 시간은 좀 덜 걸리겠네요."

"그럼 그걸로 주세요."

나는 우진 형이 뭐라고 할 새도 없이 돈을 내밀었다. 아홉 시 오십 분에 출발하는 광주행 표 두 장이 손에 얹혔다. 우진 형의 가방까지 들고 승차장으로 걸어갔다. 우진 형은 기가 막히다는 듯 무슨 말인가를 하다가 내가 들은 척도 하지 않자 입을 다물었다. 가방을 버스 아래에 싣고, 자리에 앉은 뒤에야 우진 형이 물었다.

"무슨 생각이냐?"

"더 빠르다잖아."

나는 실없이, 혹은 힘없이 웃었다. 우진 형은 금방이라도 한 대 때릴 것처럼 손을 치켜들었다가, 내 표정을 보고는 한숨을 쉬며 손을 내려놓았다.

버스는 바로 출발했다. 우진 형은 고개를 몇 번 젓고, 몇 마디를 중얼거리다가 내가 웃기만 하자 팔짱을 끼고 잠을 청했다.

나는 창밖을 보았다. 바다가 보이지 않는 여수를 벗어나고 있었다. 서울로 가서 원주로 간다고 해도 고작 삼십 분이 더 걸리고, 조금 더 귀찮을 뿐이었다. 하지만 어쩐지 원주로 가기 위해 동서울터미널로 돌아가면 나는 똑같은 고민을 하게 될 것 같았다. 백일장에 가기 싫다는 고민. 한 번은 바다로 도망칠 수 있었지만 다른 한 번은 집으로 도망가 버릴지도 모르는 일이었다. 백일장 참가는 강제가 아니었다. 우진 형은 내가 가지 않겠다고 하면 혼자서라도 갈 터였다. 수백 명 단위로 참가하는 인제에서의 백일장과는 달리 Y대학교 백일장은 예선에서 많은 사람을 걸러 낸 본선 백일장이었다. 그만큼 3학년인 우진 형에게는 이번 백일장이 중요했다. 그리고 나는 지금쯤 원주로 향하고 있을지도 모르는 또 다른 한 사람을 떠올렸다. 만나고 싶었다. 그러기 위해선 원주로 가야 했다. 고민 없이. 아니, 내 고민을 가리고.

광주에 도착해서 십 분 뒤에 있다는 원주행 버스표를 급하게 끊고, 버스를 갈아탄 이후로는 기억이 나지 않았다. 눈을 떠보니 원주터미널이었다. 오랜 시간 버스와 에어컨에 시달려 차갑게 식은 몸 위로 8월 햇볕이 줄기차게 내리쬐었다.

매지리까지는 버스를 타고 한참 더 들어가야 했다. 시계방 앞에서 매지리 가는 버스를 기다리면서 우진 형 휴대폰으로 민박집에 전화를 했다.

"육교 건너서 아파트 단지 상가 쪽으로 올라오래."

그렇게 잤는데도 피곤하다니. 두 다리 쭉 뻗고 자고 싶은 마음만 간절했다. 버스에서 내리자 육교가 눈앞에 버티고 서 있었다. 조명등도 뭣도 없는 그냥 다리였다. 든 것도 없는 가방이 점점 무거워지는 걸 느끼며 육교 위에 서니, 저절로 신음 소리가 나왔다.

"호수다."

우진 형이 지친 목소리로 중얼거렸다. 나는 고개만 돌려 오른쪽을 보았다. 호수가 있었다. 물이 많은 걸 보고 싶었다면 처음부터 여기로 와도 되지 않았을까. 멍하게 호수를 바라보며 혼자 웃었다.

곧 멈출 것 같은 다리를 끌고 민박집을 찾아갔다. 어떻게 인사를 했는지도 기억이 나지 않는다. 안 쓰는 방이라며 현관 쪽 방 하나를 내주고 가게로 돌아가는 주인에게 고개를 숙인 것까지는 기억이 나는데, 세탁기를 써도 된다는 허락을 받은 것도 기억이 나는데, 아무래도 우리 둘 다 어느 순간 그대로 기절하다시피 잠든 것 같았다. 이틀 내내 잠만 자면서 보내는구나. 주인집 꼬맹이가 밥을 먹으라며 우리를 흔들어 깨우고 있었다.

밥을 먹는 중에도 꾸벅꾸벅 조는 우진 형의 젓가락은 헛손

질만 거듭했다. 분명히 나보다 많이 잤으면서 왜 저러는지 모르겠다. 먼저 자 놓고 중간에 깨서 밤을 새지 않은 이상에야.

방으로 돌아오자 충전기에 꽂아 놓은 휴대폰에 충전 완료 표시가 떴다. 꼬박 하루 만에 켠 휴대폰에는 엄마의 걱정 문자 두 통과 윤희 누나의 문자 네 통이 와 있었다. 차례대로 답장을 하다가 윤희 누나가 보낸 문자에서 손이 멈췄다.

인제는 어때?

잘했어?

어디야?

심심하다.

마지막 문자가 사십 분 전에 와 있었다. 열 시. 하루가 두 시간밖에 남지 않았다. 하루 종일 자고 이동한 것밖에 없으니 일기에 쓸 무슨 일이라도 해야겠다는 생각이 들었다. 답장을 보냈다.

배터리가 없었어. 여기 학교 앞 민박임. 나올래?

십 분, 십오 분, 초조하게 시간이 흘러갔다. 우진 형은 연습장을 꺼내 뭔가 쓰느라 내 쪽에는 눈길도 주지 않았다. 열 시 이십 분. 너무 늦은 건 아닐까. 손에 땀이 배어 쥐고 있는 휴대폰이 자꾸만 미끈거렸다. 진동이 왔다.

옥고 위에서 봐.

엎드려 있는 우진 형의 옆구리를 발끝으로 찔렀다. 우진 형이 짜증을 내며 돌아누웠다. 나는 말없이 턱짓으로 나가자는 시늉을 했다.

"넌 내일 백일장 안 가냐? 이 시간에 왜 나가?"

우진 형은 일어나 앉기는 했지만 여전히 짜증 가득한 표정이었다. 그럴 만도 했다. 우리는 하루 반을 꼬박 다른 짓을 하느라 시간을 허비했다. 그렇지만 지금이 아니면 안 되는 일이 있었다. 나는 광주행 버스표를 끊던 그때처럼 씩 웃었다. 등 뒤로 돌아가 억지로 일으켜 세우자 우진 형은 툴툴거리면서도 결국 일어났다.

가정집에서 가게로 이어지는 계단을 최대한 조용히 내려가면서 우진 형에게 속삭였다.

"어제 형이 나한테 말했잖아."

"무슨 소리야?"

나는 웃기만 했다.

"알게 해 줄게."

우진 형이 내 어깨에 가볍게 주먹을 내질렀다.

만나기 어색하리라는 건 나도 알고 있었다. 아니, 내가 아는 것보다 몇 배는 더 어색할지도 몰랐다. 하지만, 나는 윤희 누나에게 솔직해지라고 말하지도 못할 만큼 겁이 많고 소심하지만, 한 번쯤은 오지랖 넓은 짓을 해 보고 싶었다. 어쨌거나 여기는 우리 셋이 제각각 살던 도시에서 멀리 떨어져 있고, 지금은 여름날이니까. 어차피 덥고 끈끈한 밤을 뒤척이며 보내야 한다면 고민거리는 한 가지라도 적은 게 좋을 테니까. 우리 셋이 서로 다른 곳에서 서로를 오해해 왔다면, 같은 곳에 모인 지금 무엇이라도 풀어낼 수 있으면 좋겠다고 막연히 바랐다.

하지만, 나는 알고 있었다. 이것 또한 도피의 한 방향일 수도 있다는 걸. 내 고민을 떨쳐 내기 위해 우진 형을 윤희 누나와 연결시키는 것일지도 모른다. 계단을 내려오면서 내 진심을 지우기 위해 안간힘을 썼다. 제발, 한 가지 고민만이라도 덜어 달라고. 무엇보다, 윤희 누나가 진 짐을 하나만 덜게 해 달라고. 우진 형의 손목을 잡고 육교 앞으로 끌고 가는 순간까지 내내 빌었다.

윤희 누나는 육교 위에 서 있었다.

칙칙한 콘크리트 다리. 여수에서 봤던 다리처럼 화려한 조명이 비치지는 않았다. 가로등이 적은 원주의 밤은 서울보다 어두웠고 육교는 그 가운데 떠 있었다. 육교 위를 올려다본 순간부터 발이 굳은 우진 형을 거의 들다시피 해 가며 계단을 올라갔다. 윤희 누나는 저쪽 어딘가를 보고 있었다. 흰색 카디건에 덮인 팔을 난간 위에 올린 채였다.

계단을 다 올라가자 윤희 누나가 나를 돌아보았고, 그 시선은 곧 우진 형에게 옮겨 갔다. 계단 위에서 나와 우진 형, 윤희 누나는 가만히 서 있었다. 바람은 불지 않았고 호수 저 너머에서 폭죽 터지는 소리가 들렸다. 그러다가 아주 잠깐, 그 모든 소리가 사라지고 침묵과 어둠 속에 우리는 남겨졌다. 찰나는 곧 사라졌고 다시 습기와 소음이 우리를 둘러쌌다. 그 짧은 순간 사이에 윤희 누나가 뒤로 한 걸음 물러섰다. 윤희 누나의 목소리가 내게, 혹은 우진 형에게 건너왔다. 끈끈하고 무거운 밤 공기 사이로.

"같이 왔어?"

육교 아래로는 아주 가끔 자동차들이 지나갔다. 버스는 이미 끊겼는지 한참이 지나도 오지 않았다. 우진 형은 일부러 먼 곳을 보고 있었다. 나는 일단 이 모든 사태를 일으키긴 했지만 어떻게 다음 일을 만들어야 할지 몰라 그저 서 있기만 했다. 비탈길에서 바위를 살짝만 밀면 저절로 굴러 내려가듯이, 모든 게 저절로 풀릴 거라 생각했는데. 폭죽 터지는 소리가 계속 들려왔지만 불꽃은 보이지 않았다. 호수는 어둠 속 어딘가에 잠겨 있었다.

"기숙사는 2인 1실이라며, 밖에 나와 있어도 괜찮아?"

무슨 말이라도 해야 할 것 같아 나는 억지로 머리를 짜냈다. 뒤로 물러선 윤희 누나가 난간에 몸을 기대더니 난감한 표정을 지었다.

"응. 같은 방 쓰는 사람하고 친한 사이도 아닌데 뭐."

여태껏 풀었던 수학 문제보다 영어 독해 문제보다 지금 이 문제가 더 어려운 것 같았다. 그러나 딱 한 가지, 내가 포기하지 않은 이유가 있었다. 우리 셋은 제대로 된 대화도 없이 육교 위에 서 있을 뿐이었지만 적어도 뒤돌아 내려가지는 않았다. 서로가 다섯 걸음의 거리를 유지했다. 우리는 지름 열 걸음짜리 원을 그리면 같은 원 안에 들어갈 만큼 가까이 있었다.

"인제는 잘 다녀왔어?"

나는 고개를 저었다.

"안 갔어."

"그러면?"

바다가 떠올랐다. 까맣고 습하기만 하던 밤바다.

"바다 보러 갔어. 여수로."

"같이?"

윤희 누나는 나와, 내 옆에 서 있는 우진 형을 번갈아 쳐다보았다.

"응."

우리가 서 있는 육교 아래로 대형 트럭이 경적을 울리며 지나갔다. 다리가 조금 흔들렸고, 윤희 누나의 머리카락이 바람에 날렸다. 우리는 트럭의 궤적을 따라 잠시 같은 곳을 바라보았다. 윤희 누나가 다시 물었다.

"왜?"

무슨 질문인지 정확히 짚어 낼 수 없었다. 왜 하필 바다에 갔느냐는 뜻인지, 왜 백일장에 가지 않았느냐는 뜻인지, 왜 둘이 같이 있느냐는 뜻인지. 어쩌면 윤희 누나도 모를 것 같았다. 그래서 나는 대답하지 않았다. 내가 할 수 있는 일은 여기까지인 것 같았다. 아무도 대답하지 않자 던져진 질문이 천천히 가라앉았다.

윤희 누나가 한 걸음 물러서려던 순간이었다.

"미안해."

우진 형이 한 걸음 다가섰다. 거리가 좁혀졌다. 내게서 윤희 누나까지 다섯 걸음. 윤희 누나에게서 우진 형까지 네 걸음. 윤희 누나는 물러서지도 다가가지도 않은 채 서 있었다. 우진 형은 앞으로 더 나아가지는 않았지만, 다시, 아까보다 또렷하게 말했다.

"미안해."

152

더웠다. 목덜미를 타고 흘러내리는 땀방울이 티셔츠 안으로 들어가는 게 느껴졌다. 윤희 누나가 주먹을 쥐고 있는 게 보였다. 휘청, 윤희 누나의 한쪽 다리가 흔들렸다. 마냥 단단해져 가던 침묵을 깨고 윤희 누나가 우리에게 등을 보이며 뒤로 돌아섰다. 어떻게 해야 하나 망설이는데, 그 등 뒤로 목소리가 넘어왔다.

"이우진 너한테 미안하다는 말을 들을 줄은 몰랐네."

윤희 누나가 한 손으로 이마를 짚었다.

"일단 좀 내려가서 앉자."

윤희 누나는 앞장서서 육교를 내려갔다. 나와 우진 형은 그 뒤를 따랐다. 손에 땀이 배어 축축했다. 나는 주먹을 쥐었다 펴며 땀을 식혔다. 앞서 가는 우진 형의 손도 똑같이 쥐었다 펴기를 반복하고 있었다.

육교 아래에 있는 벤치에 우리 셋은 나란히 앉았다. 내가 가운데 앉고 좌우에 형과 누나가 앉았다. 가로등 불빛 아래, 윤희 누나의 왼팔에 남은 흉터 끄트머리가 드러났다. 보지 않으려고 해도 시선이 그쪽으로 갔다. 사진은 조작이 아니었다. 우진 형의 시선도 같은 곳에 가 있다는 걸 보지 않아도 알 수 있었다. 윤희 누나가 고개를 들어 나를, 혹은 내 너머의 우진 형을 보더니 왼팔 소매를 걷어 올렸다.

흉터는 손목 부분에서 시작되어 팔 안쪽으로 비스듬하게 뻗

어 올라갔다. 약간 부풀어 오른 흉터 주위로 자잘한 다른 흉터
들이 보였다. 윤희 누나는 소매를 걷어 올린 그대로 자신의 왼
팔을 내려다보았다.

"괜찮아."

왼쪽 팔을 손으로 가리지도 않고, 누나는 다만 내게 '괜찮아'
라고 했다. 나는 그 말의 질감과 습도가 같은 '괜찮아'를 들은
적이 있다는 것을 기억해 냈다. S대학교 백일장 때, 누나 옆에
한 자리를 비워 두고 앉던 내게 보내온 문자의 '괜찮아'. 스스
로 손을 놓는 듯한, 물기 없이 바삭거리는 '괜찮아'. 솔직히 말
하자면, 나는 괜찮지 않았다. 그렇지만 충격이 크지도 않았다.
아, 정말이었구나. 사실을 확인했을 뿐이라는 느낌. 그 흉터들
로 인해 없던 연민이 생기지도 않았고 있던 호의가 사라지지도
않았다. 그저 그게 거기 있구나, 하는 담담한 사실뿐. 그런 감정
이 땀처럼 몸속으로부터 빠져나왔다. 내가 입을 열어 무엇인가
말을 하려는 순간, 우진 형이 다시 말했다.

"미안해."

세 번째였다. 윤희 누나가 물었던 '왜?'의 뜻을 이해할 수 없
었던 것처럼, 나는 우진 형의 '미안해'도 이해할 수 없었다. 베
껴서 미안해, 그런 글 써서 미안해, 사과하지 못해서 미안해,
미워하는 척해서 미안해. 어느 쪽인지, 혹은 모두인지. 나는 윤
희 누나가 그 말을 이해해 주기를 바라는 것밖에 할 수 있는 일

이 없었다. 윤희 누나는 먼 곳에서 온 신호를 해독하듯이 그 말을 듣고 있었다. '미안해'라는 말에 담긴 질감과 습도와 온도를 천천히 씹어 삼키는 듯한 긴 시간이 지나갔다. 아무런 징조도 세상엔 나타나지 않았지만, 나는 내가 굴리려던 바위가 아주 약간이나마 스스로 움직였다는 것을 알아차렸다. 나를 건너 윤희 누나에게서 우진 형에게로 연결되는 가느다란 실 같은 것을 끊을 것만 같아 나는 꼼짝도 하지 않고 앉아 있었다.

눈 둘 곳이 없어 하늘을 올려다본 순간 작은 탄성을 내뱉었다. 아, 의외로 별이 많구나. 우리가 앉아 있는 벤치는 가로등 아래였지만 빛이 닿지 않는 하늘 저편에는 풀벌레 소리 같은 자잘한 별들이 흩어져 있었다. 지구는 돌고 있으니까 저 별들도 오늘 하루 내내 원호를 그리며 돌고 있었겠지. 다시 고개를 숙이자, 윤희 누나의 주먹이 느슨하게 펴져 있는 게 보였다.

윤희 누나 쪽에서 가벼운 신호음이 울렸다. 윤희 누나가 주머니에서 휴대폰을 꺼내 시간을 확인했다. 자정이 넘어 있었다. 8월 15일. 광복절이었다. 윤희 누나는 그 휴대폰이 어떤 이정표라도 되는 것처럼 꼼꼼히 들여다보았다. 아무 버튼도 누르지 않아 화면이 저절로 꺼질 때까지. 흰빛을 내던 휴대폰 화면이 다시 까맣게 물들자 누나는 긴 숨을 토해 냈다.

"생일 지났다. 나 어제 생일이었어."

나와 우진 형은 서로를 마주 보았다.

"8월 14일이 내 생일이야."

벤치에 느슨하게 기대어 앉은 윤희 누나가 기지개를 폈다.

"그러니까 그 미안하다는 말, 내 생일 선물로 받은 걸로 할게."

아슬아슬하게 도착했네. 나는 그렇게 생각했다. 그 '미안해'라는 말은 아주 긴 시간을 거쳐, 어쩌면 지구를 한 바퀴쯤 돌아, 일 년이 지나 윤희 누나에게 도착한 것 같았다. 우진 형이 그 글을 작성했을 하숙집에서 출발해, 생일이 지나기 직전 매지리의 버스 정류장까지. 날짜변경선을 중심으로 우리나라와 멀리 떨어진 지구상의 많은 나라에선 누나의 생일이 지나가 버렸을 텐데, 용케도 늦지 않았다. 변한 것은 휴대폰 날짜뿐, 아직도 육교 밑으로는 가끔씩 자동차가 지나가고 호수 저편에서는 폭죽 소리가 들리지만, 우리는 어제 아주 중요한 무언가를 해낸 것이다.

윤희 누나가 카디건을 벗어 무릎 위에 올려놓았다. 8월 15일의 매지리에서, 누나가 말했다.

"미안하다는 말 들어 본 게 정말 오랜만인 것 같아. 예의상 하는 말 말고, 정말로 잘못한 사람이 미안한 마음에 하는 말 있잖아. 1학년 때 학교에서 따돌림당할 때도 그렇고, 사진 때문에 백일장에서 애들이 수군거릴 때도 그렇고. 누군가 잘못을 했으니 내가 피해를 입고 있는 건데, 아무도 나한테 미안하다는 말을 안 해서, 무서웠어."

사진이라…….

"그 사진 올라온 게시물, 나도 봤어. 보기만 했어. 손이 떨려서 아무 말도 할 수가 없었거든. 새로고침을 누르니까 사라져 버려서 헛것을 본 건 아닐까 했어. 그다음에 흉터를 가리느라 일부러 긴소매를 입고 백일장에 나갔는데, 누군가 뒤에서 수군거리는 걸 듣고야 알았지. 꿈이 아니었구나."

누나는 두려웠다고 했다. 그 사진이 올라왔을 때, 당신들이 생각하는 그게 아니라고 말할 수 없던 게 두려움 때문이라고 했다. 사고일 뿐이라고 말해도, 흉터 난 왼팔만이 자신의 전부가 아니라는 걸 말해도 아무도 믿어 주지 않으면 어떻게 해야 하는지 알 수 없었다고 했다.

"나는 아무한테도 피해 준 적이 없는데."

윤희 누나가 아주 희미하게 웃었다.

우진 형이 고개를 숙였다. 윤희 누나가 말을 이었다.

"이거, 내가 칼로 그은 거 아냐. 사고였어."

윤희 누나는 오른손 손가락으로 왼팔에 남은 흉터를 쓸어내렸다. 살 위로 얕게 도드라진 흉터가 손가락에 가려졌다가 다시 나타났다.

"기말고사가 끝나고, 토요일이었어. 교무실에 잠깐 갔다 오니까 가방이 없어졌더라. 비가 와서 애들은 다 집에 가는데 나 혼자 학교 안을 빙빙 돌았어. 쓰레기장, 사물함, 소각장 다 찾아봤는데 가방이 없는 거야. 한참 헤매는데 같은 반 애가 와서 가방을 찾았다고 하더라고."

폭죽 소리가 그쳤다.

"뒷담 너머에 나무가 있었어. 키가 큰 나무였는데, 거기 내 가방이 걸려 있는 거야. 누가 던졌는지, 안간힘을 써서 걸었는지는 모르겠어. 담이 꽤 높은 데다 낡았거든. 내 키보다 높은 담이었는데 군데군데 철근이 튀어나와서 올라가긴 쉽더라. 다리하고 팔을 긁혀 가면서 올라갔어. 내 가방이 거기 있다고 알려 준 애는 밑에 우산을 쓰고 계속 서 있었고. 담 위에 서서 겨우겨우 가방을 빼냈는데, 걔가 그러더라고."

땅바닥과 하늘, 손목을 번갈아 보며 이야기하던 윤희 누나가 나와 우진 형 쪽으로 고개를 돌렸다.

"미안, 나는 네가 계속 왕따였으면 좋겠어."

나와 우진 형은 아무 대답도 하지 못했다.

"그러고서 가 버렸어. 머리가 멍하더라. 쟤가 왜 나한테 저런 말을 하는지, 알 것 같은데 알 수가 없었어. 담 위에서 가방을 들고 멍청하게 서 있다가, 확 미끄러졌어. 오른팔에 가방을 들고 있어서 중심을 잡겠다고 왼팔을 뻗었는데 튀어나온 철근에 긁히고 말았어."

"그 말 한 애는 누구였어?"

그때까지 아무 말 않던 우진 형이 물었다. 윤희 누나는 몇 번 눈을 깜빡이더니, 뭐라고 말해야 할지 모르겠다는 얼굴로 대답했다.

"내가 아니었다면 왕따가 되었을 애."

"뭐야, 그게."

"진짠데."

윤희 누나는 웃기만 했다.

"붕대 감고 학교에 가니까 애들이 좀 눈치를 보더라. 그때부턴 한결 편하게 학교를 다녔고, 2학기 때부턴 따돌림이 완전히 사라졌어. 교내 백일장 때는 같이 점심도 먹었고. 친하게 지내면서도 나는 그 애들이 무서웠어. 그 애들이 나한테 한 번이라도 사과를 했다면 안 무서웠을지도 몰라. 그런데 자기네들 때문에 흉터가 난 걸 뻔히 알면서도 사과를 안 했어. 나를 따돌린 일이 아예 존재하지도 않는다는 양 굴었지. 하마터면 나도 잊어버릴 만큼."

나도 모르게 주먹이 쥐어졌다.

"딱 한 번 그 얘기를 꺼낸 적이 있었어. 그 애들과 같은 탁자 앞에 앉아서 급식을 먹다가 지나가는 말처럼 물었어. 그땐 왜 그런 거냐고. 그랬더니 모두가 내 말을 못 들은 척했어. 내 옷장엔 아직도 그 애들 실내화 자국이 남은 가방이 있고, 걔네가 감춰서 다시 산 교과서 영수증도 서랍 안에 들어 있는데.

그렇게 입을 다물어 버리니까 나도 점점 헷갈리는 거야. 내가 정말 따돌림을 당한 게 맞나? 왜 그랬지? 혹시 내가 뭔가 잘못 알고 있는 건 아닐까? 내가 내 기억을 믿지 못하는 걸 견딜 수가 없어서 계속 글로 써야 했어."

왜 '나무'라는 글이 생겨야 했는지 알 것 같았다.

"나한테 가방 얘기를 해 준 애는 1학기가 끝나고 자퇴했어. 내가 믿을 사람도 나 혼자였고, 의지해야 할 사람도 나 혼자였어. 주위 애들이 아무 일도 없었던 것처럼 까르르 웃으며 내 몸을 건드릴 때마다 나는 펜을 움켜잡았어. 밤마다 악몽을 꾸지 않으려고 지쳐 잠들 때까지 책을 읽었어."

윤희 누나가 의자에서 일어났다. 다시 카디건을 걸치고, 옷을 털었다. 나와 우진 형도 자리에서 일어섰다. 윤희 누나가 땅바닥을 보며 말했다.

"말하자면 길어⋯⋯. 정말 긴 얘기야. 다음에 하자."

헤어질 시간이었다. 기숙사로 돌아가야 하는 윤희 누나는 쭉 앞으로 걷고, 나와 우진 형은 육교를 건너 민박집으로 돌아가야 했다.

계단 앞에서 윤희 누나가 우진 형에게 손을 내밀었다.

"네가 한 일을 전부 잊어버리진 못할 거야."

우진 형이 굳은 표정으로 손을 반쯤 내밀었다.

윤희 누나가 표정 없는 얼굴로 말했다.

"……천천히, 노력은 해 볼게."

우진 형은 조심스럽게 그 손을 잡았다 놓았다. 윤희 누나가 내게도 손을 내밀었다.

"잘 들어가."

나는 윤희 누나의 손을 마주 잡았다. 따뜻했다.

육교를 건너 돌아가는 동안 주먹을 쥐고 걸었다. 손끝에서 심장이 뛰는 것 같았다. 사방이 고요했다. 모두들, 이제 잠들러 가는 시간인가 보다. 오늘의 시끄러운 일들은 호수 안에 깊숙이 밀어 넣고, 내일 치의 꿈을 꾸러 잠자리로 돌아가는 때.

나와 우진 형은 다시 육교를 건너 아파트 단지 쪽으로 돌아갔다. 가게는 아직 열려 있었고, 우리는 주인을 깨우는 실례를 저지르지 않고도 집으로 들어갈 수 있었다. 밤늦게 어디를 다녀오느냐는 아저씨의 핀잔에 우리는 서로 마주 보고 어색하게 웃기만 했다.

방으로 돌아온 우리는 주어진 이불을 덮고 누웠다. 어제보다 훨씬 조용하고 아늑한 잠자리인데도 잠이 오지 않았다. 나는 차가운 방바닥에 뺨을 대었다. 우진 형의 규칙적인 숨소리를 듣다가 소리 내어 발음해 보았다.

"미안해."

S대학교 백일장이 끝나고 돌아오던 길, 나는 윤희 누나에게 이미 한 번 미안하다고 한 적이 있었다. 엄마가 '글 쓰고 싶

어?'라고 내게 물었을 때의 대답처럼, 진심이라기보단 상황이 만들어 낸 말이었다. 원주의 민박집 현관 옆방, 어둠 속에서 발음된 그 말은 그때와는 다른 농도와 밀도를 가지고 있었다. 뜬금없이, 나는 누나가 가방을 내리려 담장 위에 올라가 까치발을 들 때 도와주지 못해서 미안해졌다. 그때 나는 누나가 누구인지, 어디 있는지도 모르는 중학교 3학년이었는데도. 내가 내려 준 가방을 들고 환하게 웃는 누나를 보지 못해서 아쉽다는, 바보 같은 생각을 했다. 그리고 나는 내가 하려다가 하지 못한 어떤 말도 '미안해'라는 말과 가깝게 닿아 있을지도 모르겠다고 생각했다.

나와 우진 형은 아무런 성과 없이 집으로 돌아왔다.
Y대학교 백일장에서 윤희 누나는 장려상을 탔다. 우리는 앞자리에 앉아 있었다. 누나가 짧은 반소매 티셔츠를 입고 상장을 받을 때 나와 우진 형은 작게 박수를 쳤다. 플래시가 터졌지만 누나는 개의치 않는 것 같았다.
원주에서는 맑았던 하늘이 서울에서는 비를 뿌리고 있었다. 당장 따라잡아야 할 학원 진도와 방학 숙제가 신경 쓰이지 않을 만큼 몸이 무거웠고, 마음이 가벼웠다.
날짜변경선에 다른 사람들이 쓴 Y대학교 백일장 후기가 올라왔다. 누군가가 후기와 함께 올린 '인증샷'에서 나는 우리 셋을 발견했다. 우진 형은 자기가 백일장 때 썼던 연습장을 들고 있었고, 나는 우진 형을 내려다보고 있었다. 윤희 누나는 까치 발을 들고 연습장에 쓰인 글을 읽고 있었다. 사진의 초점이 다른 사람에게 맞춰져 있어 구석에 찍힌 우리의 모습은 희미하기만 했다. 나는 그 사진을 저장했다. 우진 형과 윤희 누나에게 그 사진을 메신저로 보내 주겠다고 하자, 이미 저장했다는 대답이 돌아왔다.

11

문창과에는 안 갈 거야

여전히 더운 날씨였지만 낮은 조금씩 짧아졌다. 9월이었다.
3학년들은 유령처럼 복도를 걸어 다녔다. 1학기 수시에 합
격한 사람들은 이미 학교에 나오지 않는다는 소리도 들렸다.

"부러우면 너희도 공부해서 수시로 가라."

조금씩 소란스러워지는 분위기를 담임은 이죽거림으로 잠
재웠다. 아직 학교에 남은 3학년들은 이제 불이 붙는 것 같았
다. 교무실은 수시 상담을 하는 학생들로 북적거렸다.

나는 자주 날짜변경선에 들어갔다. 날짜변경선에도 수시 이
야기가 많아졌다. '이 상으로 여기 넣으면 승산이 있을까요?'
'작년에 이 대학 넣었던 분들, 도움 좀.' 애타는 사람들이 이렇

게 많았었나. 우진 형도 수상 실적을 뗀다, 포트폴리오를 만든다 하며 바쁜지 메신저에 거의 접속하지 않았다. 수능까지 약 칠십 일, 수시 마감까지는 천차만별의 시간이 남은 9월. 3학년 담임을 맡고 있는 교과목 선생님들은 자습을 시켜 놓고 자신의 반 상담을 하는 경우도 있었다. 상담, 또 상담, 그리고 수능. 나는 내년에 저 자리에서 어떤 생각을 하고 있을까.

학교 게시판에 몇 개의 백일장 일정이 붙었다. 우진 형에게 '갈 거야?'라고 물어볼 때마다 우진 형은 가지 않겠다고 대답했다. 10월까지는 백일장에 나갈 생각이 없다고 했다. 수상 실적이 아예 없는 것도 아니니, 학교에서 수시 면접 준비나 하는 게 이로울 것 같다는 문자를 받았다. 문창과로 가려는 모양이었다. 문창과뿐 아니라 국문과, 문화콘텐츠과 등 관련 학과에 열 개의 수시 원서를 넣었다는 문자를 받자 기가 질렸다. 백만 원 가까운 수시 원서비. 그중 몇 개나 면접까지 갈지, 최종적으로 몇 개의 학교에 붙을지는 아무도 모르는 일이었다.

우진 형과 달리 윤희 누나는 오히려 더 느긋해진 것 같았다. 고3이 맞나 싶을 정도로 메신저에 자주 들어왔다. Y대학교 백일장이 끝나고 셋이 메신저 주소를 교환한 이후 이틀 걸러 한 번씩은 접속하는 것 같았다.

메신저뿐만 아니라 포스팅도 활발했다. 수능이 가까워 온다고 해서 음반 시장이 조용해질 리도 없고 책이 출간되지 않을

리도 없다지만 리뷰 정도는 좀 나중에 해도 되지 않나. 오히려 보는 내가 걱정될 만큼 블로그 업데이트는 꾸준했다.

〔수시 준비는 안 해? 우진 형은 장난 아니던데.〕

놀림 반, 걱정 반으로 문자 윤희 누나가 대답했다.

〔수시 안 넣었어. 수능 쳐서 갈 거야.〕

내 눈을 의심했다. 문창과 수시는 대부분 서류 전형에서 수상 실적으로만 평가한다. 지금까지 받은 상장이 몇 개며, 가장 기준이 엄격한 대학에서 받아 줄 상장만 해도 다섯 개는 넘을 텐데, 수시를 안 넣겠다고?

〔누나, 문창과 안 갈 거야?〕

나는 당연히 누나가 문창과에 갈 거라고 생각했다. 문창과에 입학해서 소설을 쓰고, 수업을 받고, 언젠가는 날짜변경선에서 많은 사람이 자신의 소망으로 내거는 '작가'가 될 거라고. 누나가 문창과에 갈 거라는 내 막연한 믿음을 한 번도 의심해본 적이 없었다. 굳이 누나에게 물어본 적도 없었다.

〔안 갈 거야.〕

나는 뒷목을 어루만졌다. 무언가로 한 대 세게 맞은 것처럼 얼얼했다.

윤희 누나에게 묻지 못한 게 너무 많았다. 그렇게 상을 많이 탔으면서, 그렇게 소설을 잘 쓰면서 왜 문창과에 가지 않겠다고 하는지. 문창과에 가지 않을 거면 그동안 받은 상들은 무슨 의미가 있는지. 그 질문들의 끄트머리에 우스운 의문 하나가 더 따라붙었다. 그럼 누나, 우진 형과는 앞으로 어떻게 되는 거야?

나는 우진 형과 윤희 누나가 같은 대학에 갈 거라고 생각했다. 여름, 매지리에서 했던 이야기들을 떠올려 보면 그렇게 될 것 같았다. 윤희 누나가 목표 대학을 어디로 잡든 그곳에는 문창과가 있을 것이고, 우진 형은 그 학교에 붙을 것 같았다. 내년에 내가 그 학교로 입학하면 우리 셋은 다시 만나게 될 것 같았다. 한 달에 한 번쯤 백일장 자리에서 얼굴을 마주치는 사이가 아니라 좀 더 가까운, 매일매일 만날 수 있는 선후배 같은 사이가 될 수 있을 거라고 짐작했다. 하지만 문창과에 가지 않겠다는 윤희 누나의 말을 들은 이후 무언가 내 안에서 어긋나 버린 느낌이었다. 그 느낌은 찡하게 내 뒷목을 타고 정수리로 달려 올라갔다.

2학기에 들어서도 내 자리는 변하지 않았고 옆자리에 앉은 정의정도 그대로였다. 반소매 교복이 춘추복으로 바뀌고, 우리는 나란히 앉아 수업을 들었다. 뒷목에서 정수리로 옮겨 간 통증은 다시 혈관을 따라 심장 속으로 내려앉곤 했다. 그리고 그 통증은 거대한 질문이 되어 심장을 두드렸다. 여름날, 내가 굴렸다고 생각한 바위에 가려진 질문이었다. 아주 오래 그 자리에 남아 있던 질문이 모습을 드러내 나를 물끄러미 바라보았다.

정현수, 너 지금 여기서 뭐 하니?

내 가까운 사람 중 가장 글을 잘 쓰는 사람은 대학에 가서는 다른 걸 공부하겠다고 하는데, 아무것도 이뤄 놓은 게 없는 나는 왜 백일장에 나가며 여기 있는 건지. 질문이 심장을 두드릴 때면 숨도 제대로 쉴 수 없었다. 몸속을 휘젓고 다니는 질문들 때문에 자주 책상에 엎드렸다. 누구라도 붙잡고 묻고 싶었다. 하고 싶은 걸 잘 찾는 비법 같은 건 없나요? 눈을 감으면 탁자 위에 놓인 분과 선택지와 도장이 아른거렸다. 또다시 이런 기분이 몰려올 줄이야.

"내일부터 진학 상담을 하겠다. 지난번하곤 반대로, 출석 번호 역순으로 상담실에서 할 테니까 각자 잘 생각해서 오도록 해라. 내년이 평생을 좌우하는 거 알지?"

정말로 상담 한 번이 평생을 좌우한다면, 내 평생은 길을 잃을 것 같았다. 아무런 보기도 내 앞에 디밀어 주지 않고 내가 뭘 할지 고르라는 건 너무 고약하다. 적어도 한 가지 고민에만 빠질 수 있도록 나를 내버려 둔다면 훨씬 고마울 것 같은데. 하지만 시간은 내 마음 따위는 신경 쓰지 않고 일정한 속도로 흘러갔다. 윤희 누나를 원망하면 될까. 왜 그런 능력을 가지고 있는 사람이 다른 걸 하려 드냐고. 하지만 원망한다고 해서 내가 무얼 하고 싶은지 정해지진 않는다. 나는 알고 있었다. 그러면서도 처음으로, 윤희 누나를 미워하는 사람들을 이해할 수 있을 것 같았다. 작년 5월의 우진 형을 이해할 수 있을 것 같았다. 따돌림을 우려먹는다는 그 글을, 그 글에 동조한 사람들을, 노리고 사진을 찍은 누군가를. 윤희 누나를 만나지 않았다면 나는 조금 더 홀가분하지 않았을까. 아, 이런 기분이었구나, 우진 형. 심장 속에서 쿵쿵대는 질문을 책상에 누르며 중얼거렸다.

불안해하는 건 나 혼자가 아니었다. 정의정의 손끝은 여전히 얼룩덜룩했다. 그 얼룩들은 정의정이 푸는 참고서로 옮겨 붙었다. 손으로 문질러도 번지기만 할 뿐 얼룩은 쉽게 지워지지 않았다. 그리고 하도 깨물어서 너덜너덜해진 손톱 끝.

뒤에서부터 상담을 한다면 내가 앞이고 정의정이 내 다음 순서가 된다. 나와 정의정은 교실에 나란히 앉아 차례를 기다렸다. 1학기 때 상담에 비해 사람 한 명당 걸리는 시간이 길게 느껴졌다. 해가 짧아졌기 때문인지도 몰랐다. 중천이 아니라 서쪽에 떠 있는 해를 보며 나와 정의정은 말없이 문제집만 들여다보고 있었다. 문제집에 늘어선 문제들은 다섯 개씩의 선택지를 우리에게 들이밀고 있었다. 차라리 이렇게 눈을 감고 하나만 찍을 수 있으면 좋을 텐데. 20프로의 확률로 정답을 고를 수 있을 테니까. 31번이 상담을 마치고 돌아와 내 이름을 불렀다. 나는 여름보다 길어진 그림자를 뒤에 달고 상담실로 향했다.

상담실은 아직도 덥고 습했다. 땀에 젖은 춘추복 와이셔츠

등이 의자 등받이에 달라붙었다. 담임은 생각해 둔 학교가 있느냐고 물었다. 나는 우진 형이 수시를 넣었다던 몇 개의 대학과, 수능을 보지 않아도 갈 수 있다는 예대와 예술종합학교의 이름을 기계적으로 읊었다. 정말로 그곳에 가고 싶은지는 나 자신도 알 수 없었다. 어찌 되었거나 내가 만약 계속 글을 쓰겠다고 하면, 대학에서도 글을 배우고 싶다고 하면 그런 곳으로 가야 한다고 생각했다.

담임의 입에서 나올 말을 기다렸다. 거기 가려면 수능이 얼마나 되어야 하냐는 질문이나 최종 경쟁률 같은 것을. 담임이 물으면 또 내 입에선 기계적으로 대답이 튀어나올 터였다. 나는 확신할 수 없는 숫자들을 목 안에서 끌어 올리며 담임의 질문을 기다렸다. 그러나 담임은 전혀 다른 말을 했다.

"이제 그만 나가는 게 어떠니."

말이 내 귓바퀴에서 미끄러진 듯 알아들을 수가 없었다. 소리도 내지 못하고 입 모양만으로 '네?'라고 되묻자 담임이 다시 입을 열었다.

"백일장, 이제 그만 나가는 게 어떠냐고."

아. 나는 담임 뒤에 있는 창밖을 넘겨다보았다. 이 건물의 가장 높고 구석진 창문 너머로는 하늘이 펼쳐져 있었다. 구름이 낀 하늘. 구름은 흩어지지 않았는데 담임의 말은 내가 이해하기도 전에 조각조각 흩어졌다. 담임은 천천히, 간곡하게 나

를 설득했다.

"이렇게 나가도 실적이 없으면, 이런 말 하긴 힘들지만……
소질이 없는 것 같아서 하는 말이다. 1학기 때보다 성적이 떨어
지고 있는 건 너도 알지? 3학년 때도 학교를 빠지게 되면 성적
은 더 떨어질 거다. 지금부터라도 착실하게 하면 더 안정적으로
대학에 갈 수 있어."

담임은 '안정적으로'라는 말을 반복해서 사용하며 나를 달랬
다. 나는 그 단어를 하나하나 낱자로 쪼개어 입안에서 굴려 보
았다.

"선생님은 네가 보다 안정적으로 대학에 가길 바란다. 일단
대학에 가고 나서 해도 늦지 않는 것들이 있잖니. 의정이처럼
미술을 하는 애들은 잠깐 쉬면 손이 굳는다지만 글은 다를 것
아니야."

반복되는 단어들을 듣는 동안 내 머릿속은 점점 하얗게 비
어 갔다.

"내가 너희한테 해 줄 수 있는 건 별로 없어. 그저 너희가
조금이라도 더 편했으면 한다."

'조금이라도 더 편했으면'이라는 말에서 웃음을 지었던 것
같다. 그 웃음을 긍정의 의미로 받아들였는지 담임은 내 손을
잡았다. 차가웠다. 내 손이 차가웠는지, 담임의 손이 차가웠는
지는 모르겠다.

"다른 일 그만하고, 노력해 보자."

나는 고개를 숙여 보이고 자리에서 일어섰다. '다른 일 그만하고.' 끝내 묻지 못했다. 내가 하는 일이 대학에 갈 수 있는 수단이 아니라면 의미가 없는 일인지. 그렇다면 만약에, 그 일로 대학에 갈 수 있는 사람이 그걸로는 대학에 가지 않겠다고 한다면 지금까지 해 온 그 일은 의미가 있는지, 혹은 없는지. 상담실 문을 닫기 전 다시 한 번 고개를 숙였다. 이마에 땀방울이 맺혔다.

"늦었으니까 오늘은 의정이까지만 하자. 28번부터는 내일 한다고 하고 의정이 불러와라."

내가 무슨 표정인지도 모른 채 교실로 돌아왔다. 더듬더듬 전달 사항을 말했고, 남아 있던 몇 명의 아이들이 가방을 챙겨 교실 밖으로 나갔다. 정의정에게 상담실로 가라는 말을 하고 나자 온몸의 기운이 쭉 빠졌다. 그냥 책상 위에 엎드렸다.

깜박 잠이 들었던 모양이다. 눈을 떠 보니 정의정이 나를 흔들어 깨우고 있었다. 십오 분쯤 지났을까. 지난번보다 상담 시간이 길기는 정의정도 마찬가지였나. 나는 굳은 허리를 펴다가 멈췄다. 정의정의 눈이 새빨갛게 물들어 있었다.

"너, 우냐?"

정의정은 고개를 저었지만 그 와중에도 코를 훌쩍거리고 있었다. 교실에 아무도 없는 게 다행이었다. 가방에서 휴지를 꺼내 정의정에게 건넸다. 학교 앞에서 나눠 주는 판촉용 휴지로 눈을 문지르던 정의정이 코 막힌 소리로 물었다.

"담임이 뭐래?"

내가 묻고 싶었던 말인데. 나는 있는 그대로 들은 말을 전했다. 백일장에 나가지 말라는 것. 보다 안정적으로 대학에 가는 방법. 정의정은 자기 책상에 걸터앉아 내 이야기에 고개를 끄덕였다.

"내년에 반을 옮기래. 예체능반으로."

3학년에는 예체능반이 딱 한 반 있었다. 4교시 이후에는 거의 자습 형식으로 수업이 진행되었고, 공부보다는 실기에 집중하는 애들을 위한 반이었다. 취지를 따지자면 지금 우리 반의 뒷자리 시스템이나 별로 다를 게 없어 보였기 때문에 나는 그게 울 거리가 된다는 사실을 이해하지 못했다.

"무서워."

나는 무엇이 무섭냐고 묻지 않았다.

"그 반에 가면 매일매일 미술만, 음악만, 체육만 하는 애들이랑 공부해야 돼. 자기 장래를 걸고 하는 그 애들하고 내가 잘 지낼 수 있을까, 버틸 수 있을까……. 무서워. 여기 있으면 '그래도 나는 너희와는 다른 걸 하고 있어.'라고 마음속으로 으스댈 수 있었는데……. 더 치열한 애들하고 일 년을 같이 보내야 한다는 게 무서워."

정의정의 목소리는 숫제 울음으로 변했다. 손끝이 지저분한 채로 눈을 마구 비볐다. 눈 주위에 엉터리로 화장한 것처럼 얼룩이 지는 것도 아랑곳하지 않고. 나는 이럴 때 무슨 말을 해야 할지 알 수 없었다. 그저 정의정이 빨리 울음을 그치기를 기다리는 수밖에 없었다. 적어도 짜증 내거나 비웃지 않고, 그냥 입을 다물고.

한참을 소리 죽여 울고 나서야 정의정이 눈가를 손등으로 문질렀다. 눈가보다 콧물부터 닦아야 할 것 같은데, 그런 말을 하면 내가 울음이 터지도록 맞을 것 같았다. 한바탕 울고 나자 후련해진 건지, 아니면 내가 너무 입을 다물고 있어서 체념한 건지 모르겠지만 정의정이 가방을 집어 들었다.

"나 먼저 간다."

정의정은 잠긴 목소리로 인사를 건네고는 자리에서 일어섰다. 순간 나도 모르게 정의정을 불러 세웠다.

"정의정!"

교실 문턱 너머로 막 발을 내딛던 정의정이 나를 돌아보았다. 나는 어정쩡하게 오른손을 들어 올렸다. 내 두려움과 정의정의 두려움은 다르지 않을 것이다. 정의정이 말한 '무섭다'가 내 머릿속에서 '외롭다'로 자동 치환되는 순간 내 입은 열리고 있었다.

"거…… 건필해라."

병신. 말을 내뱉고 곧바로 후회했다. 그림 그리는 애한테 건 필이라니. 햇볕은 내 뒤에서 비치고 있었다. 그나마 다행이라고 생각했다. 보나 마나 새빨개졌을 내 얼굴과, 내 이마에 흐르는 땀방울을 보이지 않아도 된다는 게. 정의정이 어이없는 표정을 짓는 게 보일까 봐 질끈 눈을 감았다. 아, 쪽팔려. 그냥 휴지만 건네주고 도망갈걸. 하지만 그 인사를 꼭 하고 싶었다. 사정없이 나 자신에게 면박을 주는 나와 일말의 희망으로 버티는 내가 서로 싸우고 있을 때 정의정이 입을 열었다. 낯익은 언어가 내 귀로 스며들었다.

"그래, 너도…… 건필."

눈을 뜨고 정의정을 보았다. 엉망이 된 얼굴로 정의정이 웃고 있었다. 눈 주위는 얼룩지고, 코끝은 빨개진 채. 정의정은 한 발을 들어 올려 교실 문턱을 넘어갔다. 다행이라는 생각을 했다. 정의정이 무슨 마음으로 '건필'이라는 인사를 했는지는 모르지만, 서로 전하고자 하는 마음은 무사히 와 닿은 것 같았다. 열심히 쓰자는 말, 열심히 그리자는 말. 되든, 되지 않든. '나, 이걸 해도 될까?'라는 질문에 누군가가 '너는 이걸 해야 해.'라는 말을 해 주든, 해 주지 않든. 모두가 내가 하는 이 일에 무관심하더라도, 뛰어나지 못한 재능이라도 괜찮다는 말. 딱 우리가 할 수 있는 거기까지만 한번 가 보자는 말. 내가 정의정에게 할 수 있었던 유일한 말.

휴대폰을 꺼냈다. 정의정은 자신의 두려움을 울음으로 풀어냈지만, 나는 엉뚱한 사람에게 내 열등감을 화풀이라는 형태로 쏟아붓고 말았다. 윤희 누나에게 사과해야만 했다.

12
미안해

〔안 갈 거야.〕

누나가 그렇게 말하고 나서, 나는 몇 번이나 손을 키보드에
올렸다가 뗐다. 여러 가지 말들이 안에서 소용돌이쳤다. 잘하
잖아? 누나라면 안정적으로 문창과에 갈 수 있잖아? 왜 문창
과에 안 가? 그럼 지금까지 써 온 글들은, 타 온 상들은 무슨
의미가 있어? 떨리는 손을 바지에 몇 번이고 문질렀다. 등 뒤
에 선풍기를 틀어 놓았는데도 내 손에는 땀이 배어 있었다.

〔갑자기 왜?〕

장난이었으면 좋겠다고 생각했다.

〔원래 문창과 갈 생각은 없었어. J대 백일장이 마지막이 될

거야.]

　미리 모든 말을 준비해 놓은 듯 누나는 빠르게 대답했다. 나는 의자 등받이에 몸을 기댔다. 문창과에 갈 생각은 없었다는 말이 초점이 맞지 않는 안경을 썼을 때처럼 눈앞에서 흔들렸다. 윤희 누나는 문예 특기자로 문창과에 갈 생각이 없다면서, 그렇게 많은 백일장을 나가고 상을 탔다는 이야기다. 대학 백일장뿐만 아니라 전국 각지에서 열리는 지역 백일장, 이름도 들어 보지 못한 아주 작은 백일장에 이르기까지.

　왜 그래야 했는지 이유를 물어봐야 하는데, 짜증부터 치밀어 올랐다. 왜 짜증이 나는지 나 자신도 이해할 수 없었다. 이해할 수 없음이 막막함이 되고, 유치함으로 변했다. 그냥 누나에게 화풀이를 하고 싶었다.

　[원래 그런 성격이야?]

　이 질문은 하지 말았어야 했다.

　[뭐가?]

　아니면 누나가 물어볼 때, 대답하지 말았어야 했다.

　[아무렇지도 않게 속이는 성격.]

　유치하다는 걸 알면, 잘못되었다는 걸 알면 그 순간 당장 손을 뗐어야 했다. 손을 떼고 미안하다고 말했어야 했다. 우진 형이 말하지 못했던 '미안해'가 얼마나 긴 시간과 많은 시행착오를 낳고서야 제자리로 돌아왔는지 바로 옆에서 봐 왔으면서

도 나는 똑같은 실수를 했다. 빠르게 올라오던 누나의 대답이
뚝 끊겼다. 나는 손톱을 물어뜯었다. 손끝이 차갑게 식었다.

〔그만해.〕

누나는 그 말을 끝으로 메신저에서 나가 버렸다.

열흘 넘게 누나는 내게 아무런 연락도 하지 않고 있었다. 나
도, 누나도 서로에게 문자를 보내지 않았다. 메신저에서 누나의
아이디는 늘 오프라인 상태였다. 컴퓨터를 켜면 할 일이 없었
다. 즐기지 않는 게임들은 지워 버린 지 오래였고, 날짜변경선
에 들어가도 대화할 상대가 없었다. 마우스만 딸깍거리며, 키보
드에서 손을 뗀 채 나는 이리저리 휩쓸려 다녔다. 고작 모니터
에 떠오르던 몇 줄의 대화가 사라지고, 휴대폰 화면에 나타나
던 짧은 문자가 사라졌을 뿐인데, 외로웠다.

누나는 지금 어디서 뭘 하고 있을까. 춘추복 소매로 흉터 진
왼팔을 가리고 문제집을 풀고 있을까. 누나의 전화번호를 누르
는 게 무서웠다. 지금 청산고는 야자 중이잖아, 하며 스스로를
다독여 보기도 했다. 전화하지 말고 문자를 보낼까, 생각해 보
기도 했다. 지금껏 우리는 글로 대화해 왔으니 사과도 글로 할
수 있지 않을까. 휴대폰이 든 주머니로 손이 들어갈 듯 움찔거
렸다.

한 방향으로 기울어지는 긴 그림자가 운동장 바닥에 깔려

있었다. 나는 고개를 저었다. 글을 쓰고, 글로 대화하고, 글로 만난 사람들이지만 글만으로는 부족한 순간이 있다. 입을 열었다. 미지근한 저녁 공기를 들이쉬고, 내쉬었다. 아무도 없는 운동장에서 크게 심호흡을 했다.

예전에 윤희 누나가 재미있다며 추천해 준 애니메이션이 있었다. 자판기가 날아다니고 백곰이 칼싸움을 하는 한 시간 내외의 짧은 애니메이션이 끝나면 자막이 올라간다. 자막 맨 끝에 매달려 있던 스튜디오 이름. 누나는 그 이름이 마음에 들어서 애니메이션을 봤다고 했다. 나는 그 스튜디오의 이름을 발음했다.

"지금이 아니면 안 돼."

그 여름밤처럼.

윤희 누나의 휴대폰 번호를 천천히 누르고, 통화 버튼을 눌렀다. 컬러링 없이 단조롭게 신호음이 이어졌다. 한 번, 두 번, 세 번. 끊을까, 계속 기다릴까.

다섯 번, 여섯 번.

"여보세요."

낮고 지친 목소리가 전해져 왔다.

"누나."

"……."

아무런 말이 없었다. 나는 호흡을 가다듬었다.

나는 우진 형을 좋아한다. 잘 쓴 시와 못 쓴 시를 구분할 수는 없었지만 형이 쓰는 시는 마음에 들었다. 모르는 사람에게 먼저 말을 걸 줄 아는 활발함도, 집을 나와서 하숙집에 들어가면서까지 예고를 다닐 정도의 강단도 좋아한다. 그건 우진 형이 내게 숨기는 게 있었을 때도 지금도 마찬가지다. 우진 형 같은 사람이 되고 싶다. 하지만 우진 형과 닮고 싶지 않은 것도 있다. 미안하다는 말을 제때 하지 못하는 것. 그래서 너무 늦어버리는 것.

"저기, 누나."

목 안에서 꽉 막힌 듯 말이 혀끝으로 올라오지 않았다. 그때 터미널에서 미안하다는 말이 그토록 쉽게 나왔던 건 진심이 아니어서 그랬을지도 모른다. 진심이 담긴 말은 무겁고 뻑뻑하다. 입 밖으로 나오는 데까지는 많은 힘이 필요하니까. 현무암 덩어리처럼 꺼끌꺼끌한 말을 나는 간신히 끌어 올렸다.

"미안해."

"……."

여전히 누나는 아무런 말도 하지 않았다. 들리지 않은 것은 아닐까, 불안했다. 한 번 더 말해야 하나. 전화를 끊고 다시 걸어야 되는 건가. 에이 씨, 그냥 문자로 할걸. 저녁 하늘보다 더 벌겋게 물들었을 얼굴을 하고 나는 계속 누나를 부를 수밖에 없었다.

"누나, 윤희 누나! 누나, 들려?"

"······응."

침묵과 노이즈를 뚫고 윤희 누나의 말이 도착했다. 나도 모르게 한숨을 내쉬었다.

"알았어."

미안하다는 말이 전해진 것 같았다.

"고맙다는 말은 이번에도 안 할 거야. 나도 사과받을 자격은 있으니까."

허탈한 웃음소리가 섞인 누나의 목소리 뒤로 낯익은 소리가 들렸다.

"지금 대화, 대화행 열차가 들어오고 있습니다. 승객 여러분께서는······."

논산에도 지하철이 있었나?

"누나, 지금 어디야?"

"서울이야. 집에 가려고."

"터미널에서 버스 타고 갈 거야?"

두근거렸다.

"그래야지."

"어, 기다려!"

전화를 끊고, 나는 지하철역을 향해 달렸다. 터미널까지는 다섯 정거장. 십오 분 정도면 도착할 수 있었다.

대화행 지하철을 기다리다가 문득 정신이 들었다. 왜 기다리라고 했지? 사과는 이미 했는데, 뭐가 남아 있는 거지? 뛰느라열이 오른 온몸에서 땀이 흘렀다. 땀 냄새 풀풀 풍기며, 교복차림으로 만나서 뭘 하겠다는 거지? 지금이라도 다시 돌아갈까. 기다리라는 말은 농담이었다고 문자를 보내고, 지하철 계단을 올라가서 마을버스를 타고 집으로 갈까.

고민하는 사이에 지하철이 도착했다.

"스크린 도어가 열립니다."

"어."

문이 열리자 기적처럼 윤희 누나와 눈이 마주쳤다. 당황한얼굴. 여전히 긴소매 카디건에 교복 차림. 3초, 4초, 5초, 6초.전화를 걸 때 신호음이 가던 딱 그 시간만큼 우리는 마주 보고있었다.

"스크린 도어가 닫힙니다."

"일단 타, 멍청아!"

윤희 누나가 소리를 지르며 내 팔을 홱 잡아당겼다. 어정쩡한 자세로 지하철에 타고 나자 곧바로 문이 닫혔다.

지하철 차창으로 훔쳐보니 둘 다 얼굴이 새빨갰다. 나는 뛰어오느라, 혹은 당황해서. 윤희 누나는 당황해서, 혹은 창피해서. 새빨개진 얼굴을 마주하며 우리는 두 정거장쯤을 말없이갔다. 윤희 누나가 먼저 입을 열었다.

"너, 왜 웃어?"

"내가?"

나는 내가 어떤 표정을 짓고 있는지 모르는데. 윤희 누나가 고개를 끄덕였다. 나는 손으로 뺨을 짚어 보았다. 뜨거웠다. 땀 때문에 미끈거렸다. 그리고 입꼬리가 올라가 있었다. 아, 그래서 뛰어왔구나. 그래서 기다리라고 했구나. 알 것 같았다. 말해 줄 수는 없었지만. 지하철역에서 파는 갓 나온 따뜻한 델리만쥬 같은 감정이 속에 가득 찼다. 터미널까지 나는 실없이 웃으며, 누나는 못 말리겠다는 듯 어깨를 으쓱거리며 나란히 서서 갔다.

논산행 표를 먼저 끊었다. 근처 패스트푸드점에 앉아 음료수를 하나씩 시켰다.

"서울엔 갑자기 왜 왔어?"

"백일장."

누나는 짧게 대답했다.

"중간고사 안 쳐?"

"쳐야지. 다음 주에 시작이야."

나는 고개를 끄덕였다. 뭔가 할 말이 있었는데, 꼭 해야 하는 말인데 쉽게 입 밖으로 나오지 않았다. 누나도 벽에 붙어 있는 광고를 보거나 시선을 돌려 사람들을 볼 뿐, 나를 도와줄 생각은 없는 것 같았다. 결국 내가 판 무덤은 나 혼자 메워야 하는 모양이다.

"문창과는 안 갈 거라며?"

그렇다고 꼭 이런 말로 메울 필요는 없을 텐데. 나도 모르게 말이 퉁명스럽게 나갔다. 누나는 광고판에서 탁자 위로 시선을 내려뜨렸다. 내 말에 꼬박꼬박 따지고 드는 누나고, 그럴 때마다 내 눈을 보는 누나인데. 내가 무덤을 더 깊게 판 건 아닐까. 뒷목으로 흘러내리는 땀방울이 느껴졌다.

땀방울이 셔츠 속으로 완전히 스며들었을 때쯤, 누나가 말했다.

"이걸로 대학은…… 못 가."

"누나가 왜 못 가?"

"대학은, 문창과는…… 글을 쓰는 게 즐거운 애들이 가는 거야. 잘 쓰고 못 쓰고 상관없이. 나는 정말 이게 즐거워, 이게 아니면 안 돼, 그렇게 생각하는 애들이 가는 거야."

종이컵 바깥에 맺혀 있던 물방울이 누나의 손등으로 옮겨 갔다. 나는 냅킨을 건네주었다. 누나는 고개를 들지 않고 손등의 물방울을 닦아 냈다.

"누나는 즐겁지 않아?"

나는 젖은 냅킨을 플라스틱 쟁반에 얹어 놓았다.

"응."

고개를 들고, 누나가 내 눈을 보며 대답했다. 거짓말이 아니었다.

"그럼 왜?"

처음부터 그냥 이렇게 물었어야 했다. 원망하지 않고, 비난하지 않고, 왜냐고 묻고 이유를 들었어야 했다. 사과를 한다고 시간을 되돌릴 수 있는 것은 아니지만, 다시 한 번 처음부터. 내가 듣고 싶었던 건 사과도 변명도 아닌, 이유였다.

누나가 종이컵에서 손을 뗐다. 카디건 소매에 손바닥을 문질러 닦고, 손을 무릎 위에 내려놓았다. 나도 덩달아 무릎 위에 손을 내려놓았다.

"나는 학교에 있기 싫어서 백일장에 나갔어."

지금껏 누나도 누군가에게 그 이유를 말하고 싶었는지도 모른다.

"따돌림이 멈춘 뒤에, 그러니까 내가 왜 나를 따돌렸는지 물었지만 그 애들이 일제히 내 말을 무시한 뒤에…… 나는 그 애들이 무서워졌어. 아마 그 애들은 대답할 수 없었을 거야. 이유가 없었을 테니까. 걔네들은 나를 따돌렸다는 걸 이미 잊어버렸을지도 몰라. 나는 기억하는데. 그 애들과 한 반에 있는 게 무서웠어. 학교를 빠질 핑계로 찾아낸 게 백일장이었을 뿐이야. 그림을 잘 그렸다면 미술 대회에 나갔을 거고, 악기를 연주할 줄 알았다면 연주회에 나갔을 거야."

누나의 팔이 떨리고 있었다. 탁자 아래 가려진, 아마도 또 굳게 주먹을 쥐고 있을 손.

"뭐라도 상관없었어. 공고가 나는 모든 백일장을 찾아서 전국을 돌아다니다시피 했어. 휴일에 열리는 백일장은 거의 나가질 않았어. 휴일에는 학교를 빠질 필요가 없으니까. 방학 중에도 백일장에 나간 건 올해가 처음이야. 너희…… 때문에."

손을 잡고 말해 주고 싶었다. 괜찮다고. 힘들면 말하지 않아도 된다고. 내 주먹에도 힘이 들어갔다. 누나의 목덜미와 이마에도 땀방울이 맺혔다.

"백일장에 나가면, 학교를 빠져나와 앞에 원고지를 두고 있으면, 우리에서 풀려난 것 같았어. 어떻게든 우리에서 더 자주, 더 오래 빠져나오고 싶었어. 그래서 더 잘 쓰려고, 상을 타려고 책을 읽고 글을 썼어. 숨 막히는 곳에서 빠져나오고 싶었어. 살고 싶었어. 그게 전부야. 즐거워서 쓴 게 아니야."

팔의 떨림이 멈췄다.

"이런 걸로는 대학에 못 가. 가면 안 돼."

목이 말랐다. 나는 음료수에 손을 뻗었다. 손에 배어 있던 땀이 종이컵 겉면의 물방울과 섞였다.

"즐거워질지도 모르잖아."

내가 할 수 있는 위로는 고작 그것뿐이었다.

누나는 고개를 저었다.

"원주에서 우진이 노트를 봤을 때 알았어."

사진에 찍혀 있던 우리 셋. 우리 셋 사이에 있던 노트.

"고쳐 쓰고, 줄 긋고, 낙서투성이였지. 그런데 그 엉망진창 노트를 보여 주던 우진이는 정작 내내 웃고 있었잖아. 나중에 살짝 물어봤어. 시 쓰는 게 좋으냐고."

나도 비슷한 질문을 한 적이 있었다.

"좋대. 좋아서 미칠 것 같대."

같은 대답을 들은 적이 있었다.

"그런 애들을 버틸 자신이 없어."

이 비슷한 대답을 들은 적도 있었다. 교실에서였다. 정의정도 무섭다고 말했다. 나는 정의정에게 '건필'이라고, 열심히 해 보자고 말했지만 누나에게 똑같은 인사를 할 수는 없었다. 정의정에게 '해 보자'고 말할 수 있었던 건 그 애가 자신이 하는 일이 즐겁다고 말해서였다. 자신이 하는 일이 즐겁지 않다고 말하는 사람에게 그 일을 더 하라고 등을 떠밀 수는 없었다. 단 음료수를 한참 마셨는데도 입안이 씁쓸했다.

버스 시간이 가까워지고 있었다. 우리는 패스트푸드점에서 나왔다. S대학교 백일장 때처럼 전광판 시계가 마주 보이는 벤치에 나란히 앉았다. 그때도 교복 차림, 지금도 교복 차림.

"8월 말에 우진이한테 전화가 왔어."

나는 윤희 누나를 돌아보았다.

"같은 대학에 가자고 하더라. 내가 가는 데가 어디든 문창과라면 따라가겠다고. 아직 생각해 둔 데가 없으면 자기가 넣은데 같이 넣자고 하더라. 그래서 싫다고 했어. 문창과에 갈 생각은 없다고."

"그랬더니?"

윤희 누나는 어깨만 으쓱해 보였다.

"아무 말도 없다가, 우진이가 먼저 전화를 끊었어."

불쌍한 우진 형, 차였구나.

"그리고 며칠 지나서 네가 메신저로 그 말을 한 거야. 너도 우진이하고 비슷하게 반응할 줄 알았는데, 생각보다 반응이 너무 세서 많이 놀랐어. 다치기도 했고. 그런데 오히려 후련하더라. 나는 네가 우진이처럼 반응했다면, 우진이가 전화를 끊었을 때처럼 '그냥 이대로 멀어지겠구나.' 했을 거야. 전화를 끊는 순간 느껴졌던 짧은 전자음처럼, 이제 이 애랑은 끝이구나, 했을 거야. 문자가 줄고, 전화가 줄고, 천천히, 연락이 끊길 거라고. 처음부터 몰랐던 사람처럼."

묻지 않는 게 도움이 될 때도 있다. 하지만 물어야만 할 때도 있다.

"누군가한테 한 번은 이야기하고 싶었어. 이야기하지 않으면 잊힐 거야. 나도 잊어버릴 거고. 그렇더라도 어딘가에 가시로 남아서 나를 쿡쿡 찔러 댈 거야. 나는 그걸 잘 알아. 잊지 않으려고 매일매일 같은 이야기를 되풀이해서 썼어. 하지만 그걸 이야기할 상대를 찾는 게 쉬운 일이 아니었어."

누나의 왼손이 내 오른손을 잡았다.

"고마워. 이건 네가 말한 '미안해'에 대한 대답이 아니야. 화를 내 줘서, 내 말을 들어 줘서 고마워."

나는 그 손을 내려다보다가, 누나의 카디건 소매를 팔꿈치까지 올려 주었다.

"덥겠다, 누나."

"응. 더웠어."

버스 시간까지 이십 분이 남아 있었다.

"딱 한 번, 빛나는 순간이 있었어."

누나가 왼손 검지로 내 손등을 쓸었다.

"나는 매일 다른 문장으로 나한테서 일어난 일들을 썼어. 같은 단어, 같은 문장으로 내 이야기를 써야 한다면 미쳐 버릴 것 같았어. 나는 따돌림을 당했다, 그 애들은 나를 따돌렸다, 내가 그 애들에게 따돌려졌다. 비문이라도 상관없고 바른 문장이어도 좋았어. 따돌림당하는 동안 그렇게 공책 한 권을 꽉 채웠어."

"두 번째 공책은?"

윤희 누나가 웃었다.

"새 공책을 사려고 하던 차에 왼손을 다쳤잖아. 오른손만으로 글을 쓰기는 힘들더라고. 그래서 그 공책을 읽었어. 어둡고, 질척거리고, 담담해지는 문장들이 들어차 있었어. 나는, 내가,

나를, 그 애들이, 그 애들은, 그 애들을…… 그렇게 변형된 단어들을 손으로 쓸어 보는 순간, 불꽃 같은 게 튀는 것 같았어. 내가 무언가 특별한 걸 발견해 낸 것 같았어. 괴로워서, 답답해서 백일장에 나가게 되었다고 했지만 그 빛이 내 등을 한 걸음쯤 떠밀었을지도 몰라."

윤희 누나가 일어섰다.

"하지만 그 걸음으로 사 년을 버티기에는 자신이 없어. 그러니까 비밀이야, 이건."

"응."

버스 시간이 십일 분 남아 있었다.

"이야기 더 들어 줄래?"

"응."

"긴 이야기니까 좀 천천히 할게. 괜찮아?"

"응."

"나 들어가 볼게. 잘 가."

"잘 가, 누나."

13

아무도 관심 갖지 않았던

"마지막이라고 생각해라."

담임이 J대학교 백일장 신청서를 내밀었다. 나는 그것을 두 손으로 받아 들었다. A4용지 한 장짜리 종이는 가볍고 무거웠다. 볼펜으로 신청서에 내 이름을 적어 내자 담임은 종이를 결재 서류 더미 위에 두었다. 수능이 다가올수록 교무실은 시끄러워졌다. 어쩌면 학교는 거대한 구명보트가 아닐까. 한 명이라도 더 구해서 대학이라는 곳에 닿게 하려는. 결재 서류 옆에는 빈칸이 그려진 종이들이 놓여 있었다. 학년, 반, 이름, 지망 학교, 학과. 담임은 내 시선이 불편한지 종이 위에 책을 올려놓았다. 그렇다고 해도 모를 수는 없었다. 다음 주, 늦어도 다음 달

전에는 저 종이가 내 손으로 들어오리라는 걸. 그리고 또, 도장을 마주하고 고개를 숙여야 될지도 모른다는 걸.

"사람은 하고 싶은 것만 하고 살 수는 없는 거야."

담임이 내 어깨를 두드렸다.

교실로 돌아오다가 우진 형에게 문자를 받았다. 열 개의 수시 원서를 넣었는데 네 개만 면접까지 올라갔다는 문자다. 거기도 빡빡하네. 답장을 보내려다가 손을 멈췄다. 우진 형은 그날 이후 윤희 누나에게 아무런 연락도 하지 않았다고, 윤희 누나가 말했다. 답장을 보내지 않고 계단을 올라가는데 다시 진동이 울렸다.

블로그에 포스팅 올라왔다.

나도, 우진 형도 블로그를 사용하지 않았다. 내가 '우리'라고 부를 수 있는 사람들 중 블로그를 사용하는 사람은 윤희 누나뿐이었다. 그래서 우진 형이 말하지 않아도 누구의 블로그인지 알 수 있었다.

윤희 누나의 블로그에 올라오는 포스팅들은 철저하게 통제된 포스팅이었다. 포스팅을 올리기 전에 자기 검열이라도 하는 듯, 자신이 누구인지가 감추어져 있었다. 그냥 '이한솔'이라는 닉네임을 가진 어떤 사람. 책을 좋아하고 인디 밴드를 좋아하는. 아무도 아닌 사람. 좋게 생각한다면 자기를 드러내는 것을 쑥스러워하는 문학소녀. 그게 우진 형과 내가 보고 있던 이한솔의 블로그였다.

블로그 업데이트 알림에서 이한솔의 블로그를 찾아 클릭했다. 업데이트 목록 상단에 떠 있는 글의 제목이 낯익었다. '지금이 아니면 안 돼'. 빠르게 내려가는 스크롤 사이로 '따돌림'이라는 단어가 스쳐 지나갔다. 나는 다시 스크롤을 맨 위로 올렸다. 그 글은 이렇게 시작되었다.

이것은 어떤 따돌림에 관한 이야기가 될 거야. 그리고 나에 관한 이야기야. 고등학교 근처에 있는 기차역에는 월요일마다 머리를 짧게 깎은 남자들이 가득했어. 나는 입대 적령기에 든 남자라면 누구나 이름을 듣자마자 인상을 구길 도시에 살아. 충남에서 태어났고, 버스를 타고 여중에 다녔고, 남녀공학이지만 분반인 청산고등학교에 다니고 있어. 이 년 전, 내 열일곱 살 봄에 시작되고 그해 여름에 끝난 이 이야기는 그곳에서 시작해. 문학소녀가 되고 싶다는 생각은 해 본 적도 없는데, 지금 나는 전국 곳곳의 백일장을 돌아다니며 상을 타고 있어. 나를 버티게 해 준, 같이 밥을 먹은 친구들한테 들려주고 싶은 이야기가 있어. J대 백일장에서 만나.

두서없는 문장들. 그러나 그 문장으로 말하고 있는 사람은 그 누구도 아닌 윤희 누나였다. 조금만 머리를 쓴다면 글을 쓰는 사람이 누구인지 빤히 알 수 있을 정보가 그곳에 있었다. 무슨 속셈이야. 나는 모니터를 보며 중얼거렸다. 그런 생각을 하는 건 나 혼자만은 아닌 모양이었다. 바로 어제 올라온 포스팅인데도 이미 다섯 개의 댓글이 달려 있었다. 네 개는 다른 사람이, 마지막은 윤희 누나가 단 댓글이었다. '누구'가 아니냐는 추측과 질문 아래 윤희 누나는 '이한솔'이라는 이름으로 댓글을 달아 놓았다. '거기서 만나요.' 방문자 수를 알려 주는 그래프는 어제와 오늘 가파른 상승선을 그리고 있었다. 윤희 누나에게 전화를 걸었지만 바로 음성 사서함으로 연결되었다. 잠시 뒤 문자가 도착했다.

야자합니다. 전화는 비매너야.

누나가 더 비매너야. 긴 이야기가 될 거라곤 했지만 이런 방식이 될 줄은 짐작도 하지 못했다. 휴대폰 자판을 꾹꾹 눌러 답장을 보냈다. 다시 답장을 알리는 진동 소리. 야자라면서 문자는 잘도 보낸다.

내 블로그에 내 이야기 하는 거잖아.

'그렇다고'까지 문자를 쓰던 내 손이 멈췄다. 그렇구나. 자기 블로그에 자기 이야기를 하는 거구나. 나는 휴대폰 전원을 끄고 자리에 누웠다. 매트리스 위에 놓은 휴대폰이 한 차례 위로 튀어 올랐다가 내려앉았다. 우진 형에게 문자를 보내 볼까 생각하며 옆으로 돌아누웠다. 하지만 우진 형이라고 해서 뭔가 알고 있기는 할까. 이건 이한솔과, 김윤희의 문제다. 우리가 할 수 있는 일은 그저 지켜보는 것밖에 없었다.

J대 백일장에서 만나기 전에 먼저 해야 할 이야기가 있어. 누구나 조금씩은 알고 있지만 아무도 나한테 물어보지 않았던 이야기야. 청산고등학교에 입학한 뒤, 교복에서 아직 새 옷 냄새가 가시지 않던 3월 중순. 비 오는 날 오후에 일어났던 그 일에 대해서 이제야 이야기를 시작해.

점심시간이었어. 오전부터 내리던 비는 그치질 않았어. 급식실에 다녀온 아이들은 작은 동물들처럼 무리지어 있었어. 아직 어느 그룹에도 끼어들지 못한 아이들은 나처럼 문제집을 푸는 척하거나, 휴대폰을 쥐고 있거나, 창밖을 보고 있었어. 차가운 습기가 잔뜩 밴 교실 안이 유난히 눅눅했어. 건성으로 들여다보던 문제집을 덮고 책상 위에 엎드렸어. 새 교복에서 나던 풀 냄새가 기억나.

나는 윤희 누나에게서 멀리 떨어져 있었다. 그건 우진 형도,

블로그에 댓글을 다는 사람들도 마찬가지였다. 포스팅들은 하나같이 짧았고 하루나 이틀의 간격을 두고 올라왔다. 날짜변경선 채팅방에서도 가끔 '이한솔'과 '김윤희'에 대한 이야기가 돌았다. 포스팅 하나 없이 비워 둔 내 블로그에도 방문자가 조금 늘어났다. 오래전 내가 썼던 '밥 먹을 사람 구합니다'라는 글의 조회수도 늘었다.

윤희 누나의 블로그에 달리는 댓글은 처음에는 의문이었고, 그다음엔 의심이었고, 확신으로 변해 갔다. 실망이라는 단어도 보였다. 할 수 있다면 내가 대신 변호해 주고 싶었다. 실망할 이유는 어디에도 없다고. 아주 조금 늦은 것뿐이라고. 이제야 입을 열기 시작한 게 잘못은 아니지 않느냐고. 윤희 누나는 그 댓글들에 아무런 대답도 달지 않았다. 그저 꾸준히 자신의 이야기를 풀어 놓았다. J대학교 백일장까지는 앞으로 열흘. 어린 나뭇가지처럼 흔들리던 문장들은 점점 바르고 단단해졌다. 어느 순간부터 나는 그 문장들을 보고 윤희 누나를 인식할 수 있었다. 문장들이 누나를 닮아 가고 있었다.

교실 앞문이 열렸어. 곧 다섯 명의 여자애들이 떠들며 들어왔어. 아직 애들 이름을 다 외우지 못했지만 H만은 알아볼 수 있었어. 같은 중학교를 나오지 않았어도 누구나 그 애를 알고 있었어. 아버지는 어디 사장이고, 어머니는 어디 임원이라고. 환경미화 담당을 정할 때 담임은 H한테 도움을 청했고 H는 턱을 들고 교실을 한 바퀴 둘러봤어. H가 비에 젖은 교복을 털며 무슨 이야기인가를 했고, 그 목소리는 3분단 중간에 앉은 나한테까지 날아왔어.

교실에 모여 있던 애들은 잠시 H한테 시선을 돌렸다가 곧 거두었어. 아니, 거두는 척했어.

며칠간 포털 사이트를 도배하던 뉴스는 예상보다 큰 파장을 가져왔다. 처음 인터넷으로 만나 범죄를 저질렀던 아이들, 내 또래라는 그 아이들은 훨씬 오래전부터 같은 짓을 반복하고 있었다고 기사에 났다. 텔레비전에서는 연일 인터넷 중독에 빠진 아이들에 관한 시사 프로그램이 방영되었다. 윤희 누나의 블로그를 읽으면서, 나는 마루에서 들려오는 사회자의 목소리를 들었다. 엄마의 혀 차는 소리와 아버지의 기침 소리도. 토막토막 끊겨서 들리는 사회자의 말은 외로움, 소통 부재, 믿을 수 없는, 관계 등의 단어로 채워져 있었다. 엄마와 아버지는 그 말을 들으며 나를 떠올리고 있지는 않을까. 누군가가 나를 본다면 비정상이라고 말할 수도 있었다. 나는 방문 밖에서 들려오는 텔레비전 소리와 모니터에 나타나는 글자들 사이에서 아슬아슬한 줄타기를 하고 있었다.

H가 내 쪽으로 걸어왔어. H의 자리는 2분단 맨 앞, 교탁과 가장

가까운 자리였어. H가 자신의 자리를 그냥 지나쳐 점점 나한테 가까워지자 아이들은 다시 고개를 들었어. 나는 H가 교실 뒤편으로 가려는 거라고 생각했어. 숨을 죽인다는 것을 감추기 위해 아이들은 아까보다 더 큰 소리로 이야기했어. 연예인, 담임, 집에 갈 때 타는 버스 노선 이야기가 뒤엉키는 동안 H가 내 가방을 밟았어. H가 아무렇지 않게 내 옆을 스쳐 갈 때, 나는 H의 진흙 묻은 구두를 보고 있었어.

누군가가 윤희 누나의 포스팅에 댓글을 달았다.

김윤희 님, 이거 소설이에요?

'김윤희'라는 실명과 '소설'이라는 단어. 그 둘이 어울리지 않는다는 생각이 잠시 들었다. 그리고 궁금해졌다. 저 글 중에서 어디까지가 사실이고 어디까지가 거짓일까. 윤희 누나는 그 댓글에도 대답을 달지 않았다. 백일장 당일 전까지 나는 윤희 누나에게 문자를 보내지 않았다. '왜 그래.'라거나 '그러지 마.'라는 말을 할 필요가 없을 것 같았다. 다만 나는 8월에 우리가 매지리에 두고 온 말들을, 고속버스터미널 벤치에서 전해지던 마음을 믿어 보기로 했다. 등을 곧게 펴고 승차장으로 걸어가던 누나의 뒷모습.

가방 안에서 뭔가 부서지는 소리가 났어. 나중에 알았어. 손목시계 액정이 깨졌다는 걸. 그 시간의 교실 안 공기가 그대로 굳는 것 같았어. 술렁거림은 멀리서 시작되고 천천히 내 자리로 번져 왔어. 모두들 감출 생각도 없이 나와 H를 보았어. 밟히면서 고리에서 떨어진 가방을 보며 H가 웃었어. 그리고 말했어.

미안.

아무 말도 나오지 않아서 나는 창가로 고개를 돌렸어. 그곳에서 C와 시선이 마주쳤어. C의 이름도 H만큼이나 아이들한테 잘 알려져 있었어. 중학교 삼 년 내내 따돌림을 당했다던가. C의 책상 위에는 정석이 펼쳐져 있었어. 아주 짧은 시간 동안 우리는 서로 마주 보았어. 심장 소리가 들릴 것 같았어. 그 애가 자기 손톱을 물어뜯는 장면이 슬로모션으로 비춰졌어. 그 애뿐 아니라 반 안에 있는 모두가 간절하게 나한테 말하고 있었어.

네가 대신 당해 줘.

그사이 나는 중간고사를 쳤다. 평균 점수와 반 등수 모두 조금 올라갔다. 담임은 이제야 정신을 차렸느냐며 내 어깨를 두드렸다. 엄마와 아버지도 다행이라며 입을 모았다. 어쩔 수 없었다. 윤희 누나의 포스팅을 보고 나면 마음이 혼란스러웠다. 필사적으로 쥐어짜 내는 그 말들을 보고 있으면 절실하지 못한 내가 부끄러웠다. 무엇이라도 보고 듣고 외워야 했다. 가장 가까이 있던 게 교과서였을 뿐이다. 공부가 지겨워지면 펜을 들고 한 문장이라도 써 보려고 했지만 내 손은 윤희 누나의 문장에 얽매여 있었다. 앞으로 나가질 않았다.

눈치가 느린 나도 알 수 있었어. H가 실수로 내 가방을 밟은 게 아니라는 걸. 중학교 때, 학교 예배 시간에 들었던 고난주일 성가 구절이 생각났어. 이상하지. '보라, 세상 죄를 지고 가는 하나님의 어린 양이로다.' 양들로 가득한 전쟁터였어. 내가 당하면 자신들이 편해질 수 있다고 모두가 나한테 부탁하고 있었어. 누군가를 믿고 기도할 필요도 없는 천국행 티켓. 하지만 나한테도 거부할 권리는 있었어. 소리를 지른다면, 화를 낸다면 H는 나한테 사과를 할 수도 있었어. 그런데 C와 눈을 마주치고 나자 그럴 수가 없었어. H는 자기 자리로 돌아갔어. 아주 낮게, 나한테만 들리게 '병신'이라고 했던 것도 같아. 나는 책상 안에서 다시 문제집을 꺼냈고 샤프를 들었어. 아이들의 눈길이 내 가방에 찍힌 진흙 발자국과 내 얼굴 사이를 바쁘게 오갔어. 나는 짐작했어. 오늘까지는 이 아이들이 나한테 친절하거나 혹은 무관심했지만, 내일부터는 나한테 무관심하거나 불친절하리라는 것을. 다시 한 번만 C와 눈을 마주치고 싶었어. 하지만 그 애는 창밖으로 시선을 돌려 버렸어. 그 이후로 한 학기 동안의 따돌림이 시작됐어.

이 년이나 지난 지금, 나는 그 일들을 떠올려. H도, 다른 누구도 나를 직접 때린 적은 없어. 내 몸에 손도 대기 싫다는 듯, 물 위에 뜬 기름을 조심스럽게 떠내듯이 아이들은 나를 따돌렸어. 시간이 오래 지나 내 기억에만 의존해 이 글들을 쓰고 있어.

그전에도 이런 글을 쓴 적이 있어. 여러 번 반복해서. 교내 백일장에서 '나무'를 글제로 따돌림에 관한 글을 쓴 적이 있어. 내가 따돌림을 당하는 동안 한 그루의 나무가 되어 간다고 썼어. 그러나 따돌림의 세계에 발을 내딛던 그 순간 내가 창밖의 나무나 고난받는 신의 아들을 떠올렸다고 하는 건 거짓말일지도 몰라. 나는 내 눈앞에 찍힌 진흙 발자국 외에는 아무것도 생각하지 않았을지도 몰라.

단지 지금, 그 일들이 내 기억과 사고로 생긴 내 팔의 흉터로만 남은 지금에 와서야, 그때에도 그런 것들을 떠올렸다고 거짓말하며 거짓 글을 써. 모든 기억은 지나간 다음에 재구성되고, 그 재구성의 모자이크를 우리는 믿어. 정말로 내가 잘못한 건 아닐까. 내가 기억하지 못하는 사이 H한테 잘못을 저지르진 않았을까. 그렇지 않고서야 이렇게 나를 따돌릴 이유가 있을까. 나는 때때로 내 기억을 거짓으로 재구성해 따돌림을 정당화시키려고 했고, 그때마다 담에서 미끄러졌을 때 난 상처를 손톱으로 눌렀어.

J대학교 백일장까지 앞으로 닷새. 나는 한 줄도 연습장에 기록하지 못했다. 눈을 감고 무엇이라도 쓰려고 하면 내 펜 끝에

서 흘러나오는 것은 윤희 누나의 문장이거나, 윤희 누나의 이름이었다. 이것들을 극복하지 않으면 한 걸음도 앞으로 나아갈 수 없었다. 넘어가고 싶었다. 백일장을 망쳐도 훌훌 털고 집으로 돌아오던, 그런 내가 부딪친 첫 번째 벽이었다. 그리고 그 벽 앞에서 나는 처음으로 '넘어가고 싶다'는 마음을, 내 안에서 간절하게 꿈틀거리고 있는 누군가를 느꼈다. 나는 정말로 글이 쓰고 싶었다.

가방에 묻은 진흙은 마른 뒤에도 깨끗이 털어지지 않았어. 나는 다른 가방을 메고 학교에 다녔어. 따돌림을 당하는 동안 내 교복 재킷과 교과서와 책상에는 몇 개의 발자국이 더 새겨졌어. 그 자국들을 지우는 일에 나도 익숙해졌어.

어서 빨리 그 이야기가 끝나면 좋겠다고 생각했다. 아무리 어두운 이야기더라도, 해피엔딩으로 끝나지 않더라도 누나가 그 기억을 다 털어 버리면 좋겠다고 생각했다. 하지만 아팠던 날들을 끌어 모은다는 것, 자신을 밝힌다는 것은 '털어 내기' 위해 하는 일은 아니었다. 오히려 '마주 보기'에 가까웠다. 이게 나라고, 이런 사람이 나라고. 당신들이 추측하고 넘겨짚던 내 이야기를 이제 내 스스로 말하겠다고. 때론 차갑고 때론 따뜻하던 누나의 열 손가락이 말하는 자기 이야기.

따돌림을 당하는 내내 꽤 많이 '미안'이라는 말을 들었어. 따돌림이 시작된 첫날부터. 내 가방에 발자국을 냈던, 그럼으로 반 안에 있는 모든 아이들한테 나를 따돌릴 '권리'를 주었던 H로부터. 그 애는 나한테 자주 미안하다고 했어. H의 목소리는 아주 예뻐서, 그 목소리로 말하는 '미안'은 마법의 단어 같다는 생각도 들었어. 노래하듯 높은 목소리와 한껏 웃음을 띤 얼굴로 미안하다고 했어. 그 말을 듣고 있으면 내가 모르는 사이 '미안'이라는 단어의 뜻이 바뀌어 버린 것은 아닌지 혼란스러웠어. 그 애가 말하는 '미안'들은 유리창에 부딪친 종이비행기처럼 힘없이 떨어졌어.

그때부터였던 것 같아. 오랫동안 펼쳐 보지 않았던 국어사전을 밤마다 뒤적거렸어. 너무 많이 듣거나 말해서 원래의 뜻을 알 수 없게 되어 버린 '미안'이라거나 '안녕' 따위의 단어들을 찾아 손가락으로 쓸어 보곤 했어. 그리고 글을 쓰기 시작했어.

J대학교 백일장까지는 앞으로 이틀. 어디가 이 이야기의 마지막일까. 불이 켜진 내 방 앞에서 서성거리는 엄마의 발소리가 들렸다. 윤희 누나의 블로그에는 더 이상 아무도 댓글을 달지 않았다. 하지만 방문자 수는 점점 늘어났다.

아이들은 나를 괴롭히거나 무시했어. 나는 혼자 밥을 먹고 혼자 등하교를 했으며 종종 숙제를 잃어버렸어. 따돌림 초기에 나는 자주 C의 자리를 건너다보았어. C는 나를 보고 있었어. 교실 이편과 저편이 너무 멀어 C의 표정을 읽을 수는 없었어. 어쩌면 그 애 역시 나처럼 아무 표정 없는 얼굴이었는지도 모르지.

H와 반 아이들이 따돌리는 대상은 '나'였어. 하지만 C는 혼자 밥을 먹고 혼자 등하교를 했어. 아이들은 입학 초기의 무성했던, C에 관한 소문들을 나한테 옮겨 붙였어. 아무도 C를 건드리지 않았어.

여름이었어. 비 오던 토요일에 가방을 잃어버렸어. 한참 학교를 헤매는 나한테 C가 다가와 조용히 말했어. 가방은 뒷담 너머 고목나무에 걸려 있다고. 튀어나온 철근들을 밟고 올라가 가방을 내렸어. C한테 고맙다고 말하려는 순간, 그 애가 먼저 말했어. 미안하다고. 그리고 나는 네가 계속 따돌림을 당하면 좋겠다고. 우산을 들고 있던 그 애의 왼쪽 손목에는 붉은 흉터가 오선지처럼 그어져 있었어. C가 떠났고, 나는 담에서 미끄러졌어. 왼쪽 손목이 찢어졌어.

백일장까지 앞으로 하루. 밤이 지나면 날이 밝을 것이고 나와 누나와 우진 형은 J대학교로 가야 했다. 누나는 새벽부터 일어나 서울행 버스를 타야 할 것이다. 누나에게 문자를 보냈다. 오랜만의 문자였다.

이야기는 끝났어?

한밤중이었다. 열두 시를 막 넘긴 시간이었다. 잠시 뒤 누나에게 답장이 왔다.

아직.

휴대폰을 내려놓는데 한 번 더 진동이 울렸다.

마지막 이야기가 남았어. 다 쓰고 버스 타러 갈 거야.

나는 그날 밤 조금 늦게 자기로 했다. 누나도 밤을 샐 테니까. 두 시, 세 시. 초조한 시간이 흘러갔다.

따돌림은 아무런 경계도 남기지 않고 끝났어. 2학기 개학 첫날, 아이들은 스스럼없이 나한테 다가와 '방학 잘 보냈어?'라고 인사했어. 나는 붕대를 푼 왼손을 흔들며 잘 지냈다고 대답했어. 아이들은 나한테 차가운 음료수를 내밀었어. 음료수를 건네받다가 손끝이 닿았어. 다음 날 급식실에서 '우리'는 연예인과 모의고사에 대해 함께 떠들었어. C의 모습은 보이지 않았어. 자퇴를 했다는 소문이 돌았어. 나는 백일장에 나가기 시작했어. 1학년 2학기가 시작된 뒤의 일이야.

올해 2월, 마지막 한 해 동안 다른 사람이 되어 보고 싶었어. 그래서 다른 이름을 내밀어서 '날짜변경선'에 가입했어. 다른 사람이 된다면 내가 따돌림을 받지 않을 수 있을까, 궁금했어. 하지만 거짓말에 실패했고, 나는 다시 여기로 돌아왔어.

내 따돌림에 대해 매일 글을 썼어. 매일 다른 문장으로. 그것들이 도움이 되었을까. 혹은 내가 그것들을 우려내어 상을 탔을까. 생각하지 않기로 했어. 긴 터널을 지나온 것은 그때로 충분하니까.

여기까지가 내 이야기야. 네가, 혹은 너희가 나를 믿을지, 믿지 않을지는 모르겠어. 상관없어. 나는 문창과에 가지 않을 테니까. 고등학교를 졸업하면 더 이상 마주치지 않을 테니까……. 그리고 나와 같이 밥을 먹어 준 사람들한테 꼭 하고 싶은 말이 있어. J대 백일장에서 만나.

기다린 긴 시간에 비해 짧은 글이었다. 그렇다고 윤희 누나를 탓할 수 없었다. 나를 만나기 전 혼자 걸어왔던 날들, 사람에 따라 기억 속으로 묻어 두고 영원히 꺼내지 않을 수도 있을 일을 기어코 꺼내 내 앞에 드러내 주는 사람에게 원망을 퍼부을 수 있을까. 세 시 반이었다. 조금 자기로 했다. 불을 끄고 잠이 들었다.

14

주문을 걸어

　눈을 떴을 때는 아침 아홉 시였다. 백일장은 열한 시에 시작되고, 목적지인 J대학교까지는 삼십 분 정도가 걸렸다. 이를 닦으며 거울을 보니 눈 밑이 까맣게 물들어 있었다. 헛웃음을 짓자 턱으로 치약 거품이 미끄러졌다. 백일장을 간다는 걸 미리 이야기한 덕에 엄마는 늦게 일어난 나를 보고도 별다른 말을 하지 않았다. 나는 현관 앞에서 J대학교 백일장 참가 신청서를 다시 한 번 확인해 보았다. 학년과 반, 이름, 참가 백일장 이름이 프린트되어 있는 한 장의 종이. 엄마는 신발을 신는 나를 거실에 서서 내려다보았다. 엄마의 입술이 달싹이다가 멈췄다.
　"왜?"

내가 묻자 엄마는 주저하는 기색을 보였다. 학교에서 연락을 한 게 아닐까. 소질이 없는 일은 그만두게 해 달라고. 엄마의 입이 다시 열리기까지 짧은 순간, 만일 엄마가 그렇게 말한다면 나는 계속하겠다고 말하자고 마음먹었다. 며칠 전까지만 해도 아무렇지 않았던 마음이지만 윤희 누나의 글을 보면서 내가 넘어서지 못하는 벽을 느꼈으므로. 윤희 누나보다 내게 더 주어진 고등학교 생활 일 년, 그동안 어떻게든 그 벽을 넘기 위해, 글을 쓰고 싶어서. 그러나 엄마의 입에서는 내 기대와 전혀 다른 말이 나왔다.

"현수 너…… 이상한 애들 만나고 다니는 거 아니지?"

나는 실실 웃으며 고개를 저었다.

"갑자기 왜 그런 말을 해?"

엄마는 손을 모아 쥔 채 바닥을 내려다보다가, 결심한 듯 말했다.

"텔레비전에서 계속 그런 방송 나오잖아. 인터넷에서 사람 잘못 사귀어서 애 망친 얘기……. 너도 밤늦게까지 불 켜 놓고 있으니까, 혹시나 해서."

나는 웃음을 거뒀다. 엄마는 그런 내 표정을 긍정으로 이해한 듯, 재차 물었다.

"혹시나 해서 물어보는 거야. 아니지?"

우진 형과 윤희 누나에 대해 엄마에게 이야기한 적이 없었다. 부모가 자식의 친구를 소개받을 때 묻는 가장 기본적인 질문들. 어디 사니? 어떻게 친해졌니? 그런 질문들에 당당하게 대답할 자신이 없었다. 말하지 않는 게 좋다면 숨기는 게 낫다고 생각했다. 이 형은 소원예고에 다니고, 이 누나는 청산고에 다녀. 인터넷으로 친해졌어. 그 말들을 굳이 할 필요성을 느껴 본 적이 없었다. 그러나 윤희 누나가 자신도 모르는 사이에 내게 가르쳐 준 것. 내가 하는 침묵이 결국 도망일지도 모른다는 것. 엄마는 내 입에서 '아니야.'라는 말을 기대했겠지만, 나는 그 말을 들려줄 수 없었다.

"인터넷에서 사람 만난 적은 많아. 지금도 만나러 가."

엄마의 얼굴이 흐려졌다. 무언가 말하려는 엄마를 막고 계속 말을 이었다.

"백일장 같이 나가는 형하고 누나야. 자기 글도 열심히 쓰고, 나보다 노력도 많이 해. 이상한 사람들 아니야."

"그래도 모르는 거잖아. 너는 그 사람들을 어떻게 믿어?"

불과 몇 달 전까지만 해도 저 질문 앞에 침묵하거나 고개를 숙였을 것이다. 우리는, 우진 형과 윤희 누나와 나는 서로에게 거짓말을 하거나 입을 다물었으니까. 지금도 우리 사이에는 말하지 않은 것들이 강처럼 흐르고 있을지도 모른다. 하지만 강물을 손으로 퍼내는 게 헛된 노력이라 하더라도, 내가 물을 부어 대는 땅이 젖어 가는 만큼 강물이 줄어든다는 것은 확실

했다. 엄마의 반론에 웃으며 대답했다.

"그 사람들도 나랑 똑같아. 걱정하는 부모가 있고, 학교 진로를 고민해. 그래서 믿어."

열 시. 등록을 하고 입실 명단을 확인하려면 바로 나가야 했다. 엄마에게 고개를 숙였다.

"다녀올게요."

나를 믿는 것처럼 그 사람들도 믿어 줘. 무리한 부탁이라는 건 알지만, 내가 믿는 그 사람들을 인정해 줘. 하고 싶은 말은 많았지만 시간이 없었다. 엄마는 수학 선생님이 되려는 자신을 포기했고, 그건 엄마가 매일 쓰는 가계부로만 남아 있다. 지금 내 곁에는 자신을 포기하지 않으려고 안간힘을 쓰는 또 한 사람이 있었다. 열여덟 살의 힘없는 나는 그 사람을 믿어 주고 싶었다. 돕고 싶었다.

현관문을 닫고 밖으로 나왔다. 가을바람이 시원했다. 헤드폰을 쓰고 엠피스리를 켜고, 지하철역까지 걸어갔다.

J대학교에 도착해 접수장에 들어섰다. 윤희 누나는 아직 와 있지 않았다. 우진 형이 손을 들어 먼저 인사를 건넸다. 우진 형의 눈 밑도 까맣게 물들어 있었다.

"어제 몇 시에 잤어?"

"너 잔 시간에."

뻔하지 뭐. 우리는 마주 보고 피식 웃었다. 이미 긴 줄이 늘어선 접수대 앞에 둘이 나란히 섰다. 자신의 소속 학교와 이름을 대고, 명단에서 찾는 시간이 조금씩 누적되자 꽤 긴 시간이 걸렸다. 줄의 절반쯤 앞으로 나갔을 때 우진 형이 내 옆구리를 찔렀다.

"윤희, 정말로 문창과 안 가냐?"

나는 어깨를 으쓱했다. 윤희 누나가 스스로 안 가겠다고 '선언'했으니 갈 가능성은 희박했다. 우진 형이 한숨을 쉬었다.

"야, 나는 있잖아, 시를 쓰고 싶을 때면 따뜻한 물 안에 내가 푹 잠겨 있는 기분이 들어. 그걸 확 박차고 나와서 숨을 쉰다는 느낌이 올 때 무지하게 행복하거든."

나는 '그런데?'라는 눈으로 우진 형을 내려다보았다. 우진 형은 검지로 눈썹 근처를 긁적거리며 목소리를 낮췄다.

"그걸, 김윤희한테도 알게 해 주고 싶었어. 두근거리고 즐거워서 미칠 것 같은 마음 말이야. 근데 보기 좋게 거절당했다. 젠장."

나는 고개를 들었다. 줄을 선 사람들의 머리 너머로 '백일장 참가 환영'이라고 쓰인 현수막이 벽에 붙어 있었다.

"윤희 누나는 글 쓰는 게 괴롭대."

우진 형이 나를 올려다보는 게 느껴졌다. 갑자기 목 언저리가 따가웠다.

"진심일 거야."

시선이 거둬졌다. 우진 형이 고개를 숙인 모양이다. 나는 간신히 목소리를 쥐어짜, 까칠한 내 진심을 토해 냈다.

"그게 거짓말이었으면 좋겠어."

하지만 또 다른 진심이 남아 있었다.

"그런데 윤희 누나가 괴롭지 않았으면 좋겠어."

"나도야."

우진 형이 내 얼굴을 보며 힘겹게 웃었다. 아무리 거절당해도 결과물이 생기지 않아도 어쩔 수가 없다, 마음이라는 건. 단 한순간의 빛남을 위해 고통을 강요할 수도 없다. 스스로 그 길을 선택하겠다고 나선다면 몰라도. 나와 우진 형은 윤희 누나가 그 길을 택하기를 간절히 바라고 또 바랐지만, 강요할 수는 없었다.

휴대폰이 울렸다. 지금 막 J대학교 백일장 접수하는 곳에 도착했다고, 줄의 맨 뒤에 서 있다는 윤희 누나의 문자였다. 날이 쌀쌀해서 그런지 카디건을 걸친 사람이 꽤 많았다. 뒤쪽을 돌아보았다. 키가 작은 윤희 누나는 보이지 않았다. 접수한 다음 앞쪽에서 만나자고 답문을 보냈다.

내 차례가 왔을 때, 소속과 이름을 말했다. 시와 소설에 상관하지 않고 가나다순으로 고사장을 나눈 탓에 윤희 누나도, 우진 형도, 나도 멀리 떨어질 것 같았다.

"돌아와 줄까?"

주머니에 손을 넣고 걷던 우진 형이 말했다. 나는 고개를 끄덕이고 싶었다.

"그랬으면 좋겠다."

다시 한 번 그 빛이 누나를 찾아왔으면 좋겠다고. 엄마의 말처럼, 사람은 하고 싶은 건 어떤 방법으로든 하게 되기 마련이기를.

입실 시간까지 십 분 정도가 남아 있었다. 고사장 앞의 나무는 아직 푸른색으로 물들어 있었다. 여름이 가지 않은 것 같았다. 그렇지만 아침에 일어날 때 이불을 한 번 더 몸에 감게 되고, 교복은 춘추복으로 바뀌고, 낮에도 선풍기를 틀지 않게 되었다. 어느새 여름이 지나고 있었다. 바람 소리가 들렸다. 봄바람보다 서늘했고, 여름바람보다 날카로웠다. 우리는 무심히 서있었다. 이게 우리가 만나는 마지막 백일장이다.

윤희 누나가 접수대 앞으로 걸어왔다. 굳은 얼굴이었다. 여전히 흰 카디건, 청바지, 까만 스니커즈. 우진 형과 나와 윤희 누나는 잠시 서로를 바라보았다. 모순된 마음이 안에서 소용돌이쳤다. 무슨 말이라도 하고 싶었다. 우진 형이 입을 열었다.

"김윤희."

윤희 누나가 고개를 들었다. 까만 눈동자와 눈동자가 마주치는 길이 보일 것 같았다. 우진 형이 윤희 누나의 왼손을 잡았다. 카디건 소매가 잠시 올라갔다. 하얗게 부풀어 오른 흉터. 윤희 누나가 움찔하며 손을 빼려고 했지만 우진 형의 손힘은 단단했다.

"마지막 백일장이야. 너 만나는 것도 어쩌면 마지막이야. 나를 용서해 보겠다고 한 말이 고마워서…… 해 줄 수 있는 걸 찾아봤는데 아무것도 없더라. 그래서 정말 아무것도 아닌 일이지만, 하나만 받아 줘."

우진 형이 볼펜 뚜껑을 열었다.

"주문, 걸어 줄게."

볼펜 끝이 윤희 누나의 주먹 쥔 손에 가까이 다가갔다. 윤희 누나의 주먹이 천천히 펴졌다. 춥던 겨울날 속에 찾아온 어느 햇살 좋은 낮, 천천히 꽃잎이 벌어지는 듯한 광경이었다. 아름답다는 생각이 들었다. 동시에, 마음이 아팠다. 우진 형이 무엇인가를 천천히 쓴 뒤 반대편 손으로 다시 윤희 누나의 왼손을 주먹 쥐어 주었다. 그 모든 광경을 지켜보고 있던 내게도 우진 형이 손을 내밀었다. 나는 왼손을 펴서 우진 형에게 맡겼다. 볼펜 끝이 손바닥 위를 긁는 느낌이 간지러웠다. 볼펜 끝이 떨어진 뒤, 나는 내 손바닥을 들여다보았다.

우리는 백지 위에서 어디로든 갈 수 있다.

삐뚤삐뚤한 글씨로 그렇게 쓰여 있었다. 윤희 누나의 손바닥을 넘겨다보니 같은 문장이 쓰여 있었다. 어쩐지 나는 그 문장이 잉크로 쓰인 것이 아니라 내 손바닥에 새겨진 듯한 느낌이 들었다. 돌이나 나무에 새긴 것처럼, 이 주문은 어떤 이정표였다. 어쩌면 아무것도 아닌 것이었다. 비누로 씻으면 흔적도 없이 지워질 무엇이었다. 그러나 길을 잃고 헤맬 때, 두려워서 뒤조차 돌아볼 수 없을 때 이 손바닥을 들여다보면 우리는 적어도 외롭지는 않을 것 같았다. 윤희 누나가 자신의 가방에서 볼펜을 꺼냈다. 오른손에 볼펜을 든 채 우진 형을 올려다보았다.

"아직도, 용서 같은 건 안 했어."

우진 형이 고개를 숙였다. 윤희 누나의 입이 다시 열렸다.

"하지만 조금씩 잊고 있어. 다른 기억을 넣을 자리가 필요하니까."

우진 형의 고개가 다시 들렸다. 윤희 누나의 왼손이 우진 형의 왼손을 잡았다.

"돌려줄게."

우진 형의 왼손에 윤희 누나의 볼펜이 닿았다. 그림처럼, 볼펜이 가로와 세로로 움직였다. 우진 형은 왼손이 아주 소중한 무엇이라도 되듯 오른손으로 감쌌다. 윤희 누나가 내게도 손을 내밀었다.

"너도."

"왜?"

둘만 주고받기는 쑥스러우니까 그러겠지. 속으로 짐작은 하면서도 나는 반사적으로 물었다. 나는 윤희 누나에게 받을 것이 없었다. 줄 수 있는 것도 없었다. 그래서 때로는 억울했고, 때로는 허전했다. 하지만 윤희 누나는 아랑곳하지 않고 내 왼손을 잡아당겼다.

"너한테는, 고마워서. 처음 만난 날부터 지금까지."

마음 한자리가 환하게 피었다. 볼펜이 지나간 자리마다 온기가 스미는 것 같았다. 아마도 나는 웃고 있을 터였다. 윤희 누나의 볼펜이 내 손에서 떼어졌다.

내 언어와 내 기억을 믿어.

윤희 누나의 주문. 나는 가방 속에서 볼펜을 찾았다. 나도 이 사람들에게 뭔가 주고 싶었다. 무언가가 되고 싶다는 마음이 솟았다. 그리고 무엇인가 쓰고 싶었다. 내가 누구인지 말하는, 내가 누구인지 알리는 어떤 언어를. 나는 우진 형의 손부터 잡았다.

"새끼가, 쑥스럽게."

면박을 주면서도 우진 형은 왼손을 내주었다. 우진 형의 손에 글씨를 쓴 뒤, 윤희 누나의 손을 잡았다. 따뜻했다. S대학교 백일장이 끝나고 내 어깨를 누르던 차가운 손이 떠올랐다. 계절은 차가워지는데, 윤희 누나의 손은 조금씩 따뜻해지고 있었다. 그 따스함 위에 한 글자 한 글자, 정성스럽게 글씨를 썼다.

"이 새끼 공들이는 거 봐라."

우진 형이 빈정거렸다. 아무려면 어때, 사실이니까.

나 자신에게는 절대 지지 않기.

나는 그렇게 썼다.

오른손잡이인 내게 왼손은 글을 쓰는 손이 아니었다. 우리 셋은 모두 오른손잡이였다. 백일장마다 오른손으로 펜을 잡고 우리는 시간 속을 흘러왔다. 그러나 왼손이 없었다면 우리는 어떤 삶을 살고 있었을까. 우진 형이 인정한 것은 윤희 누나의 왼손이었다. 매지리에서 나는 누나의 오른손을 잡고 싶었다. 누나가 글을 쓴다는 사실을 인정해 주고 싶었다. 하지만 우진 형이 잡은 것은 윤희 누나의 왼손이었다. 어떤 의미였을까. 나는 몰랐다. 짐작하자면, 아마도 그 왼손을, 그 과거를, 자신의 잘못을, 그 흉터를 모두 받아들이겠다는 뜻이 아니었을까. 그리고, 기다리겠다고.

왼손 셋이 한자리에 모였다. 악필인 우진 형과 내 글씨, 그리고 상대적으로 반듯반듯한 윤희 누나의 글씨. 서로 카메라를 꺼내 들고 세 사람의 손을 메모리에 담았다. 누가 먼저랄 것도 없이 세 왼손이 겹쳐졌다.

"잘해."

윤희 누나의 말.

"잘할 거야."

우진 형의 말.

"믿어."

내 말.

파이팅 같은 것은 외치지 않았다. 우리가 한 말은 모두가 비문이었다. 주어와 목적어가 없었다. 그렇기 때문에 누구를 주어로 넣어도, 목적으로 넣어도 성립하는 문장이었다. 나는 잘해, 너는 잘해. 나는 잘할 거야, 너는 잘할 거야. 너를 믿어, 나를 믿어. 겹쳤던 손을 떼고 각자의 고사장으로 들어갔다.

원고지를 받고 주의 사항을 들었다.

"학년, 반, 이름 외에 자신이 누구인지 알 수 있는 표시를 하면 부정행위로 탈락 처리됩니다."

자신이 누구인지 알 수 있는 표시라는 말을 들으며 나는 간신히 웃음을 참았다. 자신이 누구인지 말하지 않는 글을 쓸 수는 없다. 윤희 누나의 글을 보며 느꼈던 벽과 부담감이 사라지고 있었다. 도우미가 칠판에 또박또박하게 글제를 적었다. 시와 소설의 글제가 동일했다. 경계. 다른 두 고사장에서, 왼손에 주문을 쥔 사람들도 웃고 있을 것 같았다. 백일장이 시작되었다.

솔직히 말하자면 나는 상을 타고 싶었다. 매번 빈손으로 돌아오고, 빈정거림을 듣고, 넘겨 버리는 척했지만 마음에는 앙금이 남아 있었다. 어떤 글이 상을 탈 수 있을지 머리를 굴려 본 적도 있었다. 그렇지만 오늘은 달랐다. 이번이 마지막이 될 거라면, 어쩌면 우리 셋 모두에게 마지막이 될 거라면 내가 가장 하고 싶은 이야기를 쓰고 싶었다. 내가 보고 들은 것. 가장 절실한 것. 내 앞에 있던 벽이 천천히 녹아내렸고 땅바닥에 가느다란 선으로 남았다. 내가 넘어가려고 한 것은 내 키보다 높은 벽이 아니라, 마음만 먹으면 반대편으로 넘어갈 수 있는 경계가 아니었을까. 나는 먼저 펜을 들어 여분으로 준비된 원고지에 천천히 적었다. 검은 펜선이 글자가 되고, 단어가 되었다. 첫 줄에 써진 단어, 날짜변경선.

구십 분이라는 시간 동안 나는 내가 할 수 있는 말을 다 썼다. 말은 너무 길었고 원고지는 너무 작았지만, 내 머리에서 떠오른 문장과 낱말들을 최대한 욱여넣었다. 여름밤. 손목의 상처. 하루에서 다른 하루로 넘어가는 시간. 지구 어딘가에 그어져 있는, 눈에 보이지 않는 선. 문장은 비문이었고 플롯은 두서가 없었다. 마감 시간까지 십 분 전이라는 말을 듣고도 초조하지 않았다. 나는 긴 숨을 토해 냈다. 우진 형이 말했던 즐거운 기분. 따뜻한 물 위로 박차 오르는 기분이 느껴졌다.

원고지를 제출하고 밖으로 나와서 윤희 누나에게 전화를 했다. 우진 형은 학교 사람들과 점심을 먹겠다고 했다. 시상식 때는 우리 근처에 앉겠다는 말도 했다. 윤희 누나와 나는 사람들로 붐비는 학교 식당에서 점심을 먹었다. 힘이 빠진 듯 새하얀 얼굴을 한 누나는 반 이상을 남겼다. 내 젓가락이 누나의 식판에서 반찬을 집어 가는데도 아무런 반응이 없었다.

"누나, 긴장했어?"

"응."

윤희 누나는 물만 마셔 댔다.

"마지막인데?"

"마지막이니까."

윤희 누나가 식판을 들고 일어섰다. 한낮이 되자 에어컨을 끈 식당은 후덥지근했다. 윤희 누나는 카디건 소매를 팔꿈치까지 걷어 올렸다. 나는 윤희 누나에게서 세 걸음 정도 간격을 두고 따라갔다. 우리 뒤에서 누군가 소곤거렸다.

"진짜였구나."

들었을까, 눈치를 살피는 차에 윤희 누나가 내 옆으로 다가서서 말했다.

"진짜야."

"응?"

"진짜라고."

뒤에 서 있던 사람들이 나를 쳐다보는 게 느껴졌다. 윤희 누나는 식판을 퇴식구에 반납하고, 시상식이 열리는 대강당으로 가는 도중에도 계속 중얼거렸다. 진짜야. 진짜라고. 처음에는 아무 대꾸 없이 걷기만 하던 나도 어느새 윤희 누나의 말에 대답하고 있었다. 그래, 진짜야, 누나.

우진 형은 먼저 와 앞자리에 앉아 있었다. 우진 형의 양 옆자리가 꽉 차 우리는 바로 뒷줄에 앉았다. 우진 형은 우리에게 손을 흔들어 보이고 다시 옆 사람과의 이야기에 열중했다. 나는 내 앞자리의 우진 형과 옆자리의 윤희 누나를 번갈아 보았다. 우리는 바로 옆자리에 나란히 앉아 있다. 이걸로 마지막이다. 다음 달에는, 다음 학기에는, 내년에는 우리는 이곳에서 만나지 못한다.

'J대 백일장에서 만나.' 윤희 누나가 새벽에 블로그에 남긴, 마지막 문장이 머릿속을 맴돌았다. J대학교 홍보 영상이 방영되는 동안 누나는 내내 졸고 있었다. 깨워서 물을 용기는 없었다. 무슨 말을 하고 싶었냐고. 사회자가 등장해 마이크를 몇 번 두드리는 찰나에 윤희 누나가 눈을 떴다. 처음 만났을 때보다 윤희 누나의 머리카락이 많이 길어져 있었다.

박수 소리가 울렸다. 심사위원이 단상에 나와 심사평을 읽었다. '경계'라는 다소 추상적인 주제에 대해 많은 이야기를 볼 수 있어 즐거웠다는 말. 그 틈에 윤희 누나의 옆구리를 꾹 찔렀다. 윤희 누나가 잠이 덜 깬 눈으로 나를 돌아보았다.

"하고 싶다던 말이 뭐야?"

"……이따가."

입을 가리고 하품을 하는 윤희 누나를 보다가 나는 혀를 찼다. 밤을 새다시피 하고 새벽부터 차를 탔으니 피곤할 만도 했다. 의자 뒤로 길게 몸을 묻는데 윤희 누나의 목소리가 들렸다.

"사범대에 갈 거야."

나는 다시 허리를 폈다. 뭐라고?

"우리 담임은 나와 그 애들 사이에서 벌어지는 일에 끝까지 껴들지 않았어. 무슨 일이 일어나고 있는지 눈치를 못 챘을 수도 있지. 어쩌면 모른 척하고 싶었을 수도 있고. 내가 선생님이 되면, 적어도 따돌림당하는 애가 나처럼 괴롭지는 않게 도와줄 수 있을 것 같아."

마이크가 좋지 않은지 장내에 소리가 울려 웅웅거렸다. 나는 윤희 누나의 귓가에 입을 바짝 대고 물었다.

"사범대면, 국어교육과?"

윤희 누나가 흠칫 놀라 의자 뒤로 몸을 파묻었다. 왜 다들 내가 얼굴만 들이대면 도망갈까. 정의정도 그렇고 윤희 누나도 그렇고. 내 얼굴에 무슨 문제가 있나 보다. 윤희 누나는 얼굴을 한번 훔치고 대답했다.

"모르지. 난 국어도 잘하지만 영어하고 사탐도 잘하거든."

와, 재수 없다. 차마 입 밖으로 내지는 못하고 속으로 투덜거리기만 했다.

"그렇게 누군가를 도와주다 보면, 나한테도 글쓰기가 즐거워질지도 모르잖아."

윤희 누나가 말을 끝내고 킥킥거리며 웃었다. 듣기 좋았다. 그런데, 할 말이 있다면서 그건 언제 해 줄 건데? 설마 지금 한 말이 그 말이야?

장려부터 수상자 명단을 부르기 시작했다. 장려에서 차하, 차상, 장원 순서로 올라가는 시상 순서였다. 장려에 내 이름이 들리지 않자 나는 상을 타리라는 기대를 접고 휴대폰을 꺼내 들었다. 윤희 누나는 긴장한 것 같았다. 우진 형도. 상을 타는 사람들과 나의 차이인가. 스스로가 한심해서 웃음이 나왔다. 그래도 개운하니까.

"시 부문 차하, 소원예술고등학교 3학년 이우진."

바로 앞줄에서 박수가 터졌다. 우진 형이 단상으로 걸어갔다. 윤희 누나와 나도 박수를 쳤다.

"소설 부문 차하, 청산고등학교 3학년 김윤희."

윤희 누나의 박수가 멈췄다. 나는 계속 박수를 쳤다. 앞과 옆이 다 상을 타다니, 나 어쩌면 행운의 신 같은 거 아닌가? 윤희 누나의 표정이 굳은 것처럼 보였지만, 착각이겠지. 내가 어깨를 툭 친 뒤에야 윤희 누나는 일어나 시상대로 걸어갔다. 차하 수상자들이 나란히 박수를 받고 돌아오고, 차상과 장원까지 발표가 끝났다. 장원 수상자들이 자신의 작품과 수상 소감을 낭독했다. 소설 부문 수상자가 소감을 말할 때, 윤희 누나는 이렇게 투덜거렸다.

"저거 하려고 했는데."

우진 형과 내게서 동시에 풉, 웃음이 터졌다. 우진 형은 사례까지 들렸는지 콜록대며 기침을 멈추지 않았다. 시상식 중이라는 것도, 옆에 친구들이 있다는 것도 잊고 우진 형은 완전히 몸을 뒤로 돌린 채 소리치듯 물었다.

"할 말 있다는 게 저 앞에 나가서 한다는 거였어?"

"당연한 거 아냐?"

윤희 누나는 얼굴을 붉히지도 않고 당당하게 대답했다. 아, 역시 가끔 재수 없다. 장원을 탈 수 있는 사람은 이런 말도 할 수 있구나. 우진 형은 골치가 아프다는 표정으로 머리에 손을 짚었다. 양옆에 앉은 사람들이 우리를 힐끔거렸지만 곧 장원 수상자의 낭독 쪽으로 고개를 돌렸다. 우진 형은 어깨를 으쓱해 보였다.

"그래, 무슨 말을 하려고 장원 무대까지 준비하셨어요, 김윤희 씨?"

윤희 누나의 얼굴이 빨갛게 물들었다. 아, 저 느낌 잘 안다.

목에 현무암 덩어리가 걸린 것처럼 까끌까끌한 느낌. 토하자니 버겁고 쑥스럽고, 삼키자니 집에 가서 후회할 것 같은 느낌. 진심을 말하기 직전의 얼굴이다.

"너희를 만나서, 다행이라고."

윤희 누나가 왼손으로 우진 형의 머리를 억지로 밀어 앞으로 돌려놓았다. 손바닥엔 아직도 우리 글씨가 남아 있었다. 그걸 보고 히죽 웃자 윤희 누나가 여전히 붉은 얼굴로 소리쳤다.

"뭘 봐!"

솔직해지는 데까지 오랜 시간이 걸린 사람이다. 이 정도는 이해해 주자. 따뜻한 물을 박차고 오르는 기분 좋은 느낌. 숨을 크게 들이쉬었다. 윤희 누나가 한 '다행'이라는 말이 그 물에 떨어진 돌멩이처럼 파문을 일으켰다.

그날 밤, 윤희 누나의 블로그에 포스팅이 올라왔다.

J대 백일장에서 차하를 탔다. 아쉽다.

이 이상 윤희 누나를 잘 설명할 수 있을 문장은 없을 터였다.

15
이건 그냥 자기소개서

겨울이 지났다. 백일장도 없는 춥고 긴 겨울이었다. 이제 나는 3학년이 되었다. 윤희 누나는 집에서 가장 가까운 사범대로 갔고, 내년에 세부 전공을 결정한다고 했다. 우진 형은 수시 모집에 붙은 대학에 등록하지 않고 재수를 하기로 했다. '시는 학교에서만 쓸 수 있는 게 아니잖아?'라고 딴청을 부리는 게, 누구 영향을 받았는지 안 봐도 비디오였다.

윤희 누나의 블로그는 사라졌다. '이한솔'에서 '김윤희'로 J대학교 백일장 직후 닉네임을 바꾼 뒤 누나의 블로그는 조금 북적거렸다. 그 틈새에서 누나는 아무 말도 하지 않았다. 그리고 해가 넘어가서 윤희 누나와 우진 형이 스무 살이 되고 내가 열

아홉 살이 되던 날, 블로그는 사라져 있었다. 사람들은 이렇게 윤희 누나를 잊어 갈지도 모른다. 윤희 누나가 다시 자신의 이름으로, 자신의 글로 돌아올 날은 언제일까. 내일이 될지도, 내년이 될지도 모르는 그날을 나는 천천히 기다리기로 했다. 오른손과 왼손을 이용해 키보드를 두드리는 윤희 누나가 자신의 블로그에서 웃을 날을.

3월이라고 해도 마을버스 안은 아직 춥다. 등교하는 아이들이 뿜어내는 후끈한 열기에도 다리가 덜덜 떨렸다. 내 앞에 앉아 있던 정의정이 늙은이 같다며 혀를 찼다. 가방이 무거워 보여서 앉아 가라고 양보해 줬더니 은혜를 이런 식으로 갚냐. 정의정은 예체능반으로 옮기지 않았다. 나와는 반이 다르다. 매일같이 반을 옮기라는 담임과 싸우느라 하루하루가 전쟁이라고 한숨을 쉬면서도 씩 웃는 게, 나쁘지 않아 보였다.

버스가 흔들렸다. 나는 주머니에 넣은 진학 상담표를 꼭 쥐었다. 3학년이 된 지 이 주. 담임은 자신이 갈 학과를 적은 뒤 아버지 도장을 찍어 오라고 했다. 1지망부터 3지망까지 학교와 학과를 적는 난은 모두 비어 있었지만 빨간 도장만은 찍혀 있었다.

'할 수 있을 것 같으냐?' 한 해 전과 똑같은 질문. 그러나 이번엔 할 말이 있었다. '하고 싶어요.' 침묵이 끝나고 아버지가 도장을 집어 들었다. '뭐든, 하고 싶은 게 있으면 해 봐라.' 그 말과 함께 내리누르던 인주의 감촉이 내 손에 눌리는 것처럼 생생했다.

어쩌면 정의정처럼 담임과 싸워야 할지도 모른다. 어디를 가든 글은 쓸 수 있지만, 일단은 내가 하고 싶은 걸 하게 도와 달라고 하는 내 말이 어린애 투정으로 들릴지도 모른다. 하지만 해 봐야 안다. 넘어 봐야 그게 담인지 울타리인지 분필 경계선인지 안다. 버스가 학교 앞에 도착하고 똑같은 교복들이 우르르 내렸다. 나는 조금 기다리기로 했다. 요새 키가 또 자라서 저렇게 나가다간 당장 천장에 머리가 부딪쳐 목 부상이다. 모두가 내리길 기다리느라 지각이 가까워졌지만 상관없었다. 조금만 뛰면 되는걸. 뛰고, 맨 뒷자리 내 자리에 앉아서 진학 상담표에 써야 한다. 백일장에 나가게 해 주세요.

저기, 교문이다.

작가의 말

2004년과 2005년, 나 역시 '날짜변경선'의 아이들처럼 '백일장 키드'였다. 혼자 밥을 먹고 혼자 버스를 타고 돌아오는 길마다 원고지에 쓰지 못한 단어들이 흩어져 있었다. 그러다가 나와 똑같은 아이들을 만났고, 이 이야기를 언젠가 길게 풀어내야겠다고 다짐했다. 더 이상 백일장을 나가지 않게 된 스물셋의 여름에 처음으로 장편소설을 썼다. 스물다섯, 이제 이 이야기들을 더 많은 사람들과 공유할 수 있게 되었다.

이야기가 뻗을 곳을 가르쳐 주신 김진경 선생님. 첫 독자가 되어 준 혜지, 유경, 솔잎. 내가 나태해지지 않게 끌어 주는 병주. 고마운 마음을 보낸다.

현수와 우진이 걸었던 것처럼 내가 걸었던 여수 어느 고등학교 앞 언덕길. 한밤중 조명등에 빛나던 돌산대교. 원주 연세대 앞 하얀 육교. 이 소설에 등장하는 곳들은 내가 설레는 마음으로 밟던 길들이다. 그리고 지금도 백일장을 찾아다니는 누군가가 밟을 곳들이기도 하다. 이 책을 읽은 그 사람이 즐거운 마음으로 그곳을 떠올릴 수 있기를.

끝으로 내 마음의 고향을 소개한다. 글틴(http://teen.munjang.or.kr)이 없었다면 지금의 나도, 이 소설도 없었을 것이다. 내가 그랬던 것처럼 당신이 이곳에서 외롭지 않기를. 따뜻한 손 잡고 더 멀리 가야겠다.

엄마에게.

그리고 여전히, 아직도 사랑하는 윤희에게.

이 이야기를 전한다.

2011년, 전삼혜

날짜변경선

ⓒ 전삼혜 2011

1판 1쇄 2011년 4월 15일 ㅣ 1판 6쇄 2019년 11월 13일

지은이 전삼혜 ㅣ 펴낸이 염현숙
책임편집 김성진 ㅣ 편집 홍지희 원선화 이복희 ㅣ 디자인 이지선
마케팅 정민호 박보람 나해진 최원석 우상욱 ㅣ 홍보 김희숙 김상만 오혜림 지문희 우상희
제작 강신은 김동욱 임현식 ㅣ 제작처 미광원색사(인쇄) 중앙제책사(제본)

펴낸곳 (주)문학동네 ㅣ 출판등록 1993년 10월 22일제406-2003-000045호
주소 10881 경기도 파주시 회동길 210
전자우편 kids@munhak.com ㅣ 홈페이지 www.munhak.com
카페 cafe.naver.com/mhdn ㅣ 트위터 @kidsmunhak
페이스북 facebook.com/kidsmunhak ㅣ 북클럽 bookclubmunhak.com
대표전화 (031)955-8888 ㅣ 팩스 (031)955-8855
문의전화 (031)955-8890(마케팅) (02)3144-3238(편집)

ISBN 978-89-546-1447-4 03810

이 도서의 국립중앙도서관 출판예정도서목록(CIP)은 서지정보유통지원시스템 홈페이지 (http://seoji.nl.go.kr)와
국가자료공동목록시스템(http://www.nl.go.kr/kolisnet)에서 이용하실 수 있습니다.(CIP제어번호 : CIP2011001397)